「来いよ」


──気がついたときには、ぼくの口に野城の唇があった。

羽毛みたいな軽いキス。

「……なんで?」

ぼくは呆然と訊く

この夏、突然に

杉 昌樹

12687

角川ルビー文庫

CONTENTS

口絵・本文イラスト／後藤　星

FIFA 2002・6月のフェスタ

あいつ、は上半身裸《はだか》で、街灯の柱によじのぼり、旗を振《ふ》って叫《さけ》んでいた。

まるで、いたずらっ子の表情で。

その、逞《たくま》しくしなやかな筋肉の動きにぼくは目を奪《うば》われていた。

ニッポン、チャチャチャ、ニッポン、チャチャチャチャ!

どよもす歓声《かんせい》の中、あいつは日の丸を高々と掲《かか》げ、腋《わき》の下の淡《あわ》く煙《けむ》った繁《しげ》みが露《あらわ》になった。

そして七分丈《たけ》の極薄手《ごくうすで》のパンツの股間《こかん》のふくらみ。

盛り上がりは中央ではなく、片側に寄っていて、動いたはずみに、汗《あせ》に濡《ぬ》れそぼって透《す》けんばかりのそこは布越《ご》しに、ふとめの亀頭《グランス》の、「くびれ」のラインさえ識別できるほどの、危《あや》うさ。

瞬間《しゅんかん》、ぼくの脳裏《のうり》にはあいつの、熟した果実の形が、いやらしいくらいの細部をともなって、ありありとうかんだんだ。

色も、形も、触感《しょっかん》も、夏の草いきれのような、あの、男の精が放つ鋭《するど》い植物的な匂《にお》いさえ。

実際には触《ふ》れたことのない、しかし独《ひと》り寝《ね》のベッド、授業の合間のつかの間の放心、明け方の浅いまどろみ、通学の電車の揺《ゆ》れに身をまかせながら、机の前で衝動《しょうどう》に負けて、自分自身をもみしだく快楽のさなか…折に触れ抱《いだ》く妄想《もうそう》の中では1万回も触れて口に含《ふく》んだ見知らぬ男のその器官。

そして。

ぼくは気づいてしまったんだ。

熱狂《ねっきょう》するその夜のフェスタの昂揚《こうよう》にあおられ、そそられて、あいつの中心部も、盛り上がっていったことを。

あいつは祭りの興奮の中で、半勃《だ》ちさせてたんだ。

そう、あいつは熱く湿《しめ》って肌《はだ》にまつわりつくような、梅雨《つゆ》入りを目前に控《ひか》えた首都の夜のただなかで、精神も肉体も昂揚させて、叫んでいたのだった。

「ニッポ〜ン!!」と。

そして、ぼく自身はと言えば…。

硬《かた》くしこったぼく自身の器官は、パンツを突《つ》き破るほどになっており、買ったばかりの分厚い聖書を入れたビニール袋《ぶくろ》で隠《かく》したその陰《かげ》で、充血《じゅうけつ》し、とめどなく透明《とうめい》の液を滲《にじ》ませ続け、人波に押され身じろぎするたびに、パンツと擦《す》れ合ったそこに、恥《は》ずかしい感覚が生まれ、ぼくを狼狽《ろうばい》させたが、それでもなお、ぼくはあいつから目をそらすことができなかったんだ。

それが、生きて、そこに、在《あ》った！

幾夜《いくよ》、幾月、幾年《いくとせ》、夢見続けてきた、アポロンの肖像《しょうぞう》。

渋谷《しぶや》の街の一角に群れ集《つど》い騒《さわ》ぐ若者群の波に押され、足を踏《ふ》まれながら、ぼくはあいつだけを見つめていた。

陶酔《とうすい》に口を半開きにして、あいつはつかの間、夜空を見上げた。

ネオンにかき消され星座もかすむヒートタウンの夜の空を。

まるで空を相手にファックしてるみたいな恍惚《こうこつ》の表情でね。

彫《ほ》りこまれたように輪郭《りんかく》のくっきりとした仰角《ぎょうかく》の横顔をぼくは、あたかも砂漠《さばく》で遠くオアシスの幻《まぼろし》を見た旅人のように、見つめ…見つめ続けた、心の中で激しく手をさしのべながら、渇《かわ》きながら。

近づくほどに遠ざかる、緑に囲われた絶望的なまでに清冽《せいれつ》な水。

ぼくは渇いていた。

何に？

愛に、だ！

そう、おそらくぼくが生涯《しょうがい》永遠に手に入れることがないであろう、一つの奇跡《きせき》。

2002年6月9日。

ワールドカップ、日本とロシアとの対戦日。


ぼくは、この日を永遠に忘れない。

あいつ——野城柊一《のぎしゆういち》と出逢《であ》ってしまった。

そう「出逢ってしまった」んだ、のっぴきならない運命に導かれるようにして。


その日、首都の空は雲ひとつうかべていない快晴だった。このビッグタウンには珍《めずら》しいピカピカの青空。

日曜日だった。

ぼくは明日の引っ越《こ》しのための荷物を整理し終わってから、長崎の親から送られてきたザボン漬《づ》けを持って大家さんのとこへ、お別れの挨拶《あいさつ》に行った。

4月、大学に入学すると同時に住み始めたアパートだが、結局いたのはひと月だった。

「寄宿舎に自分から進んで入るなんて珍しいわね」

と大家の奥さんは、言った。「窮屈《きゆうくつ》なんじゃないの?」

「ええ、あっと…んー、でも大学へは徒歩距離《きより》だし、食事も朝と夜の二食がついてるし」

ぼくは、入居早々に出て行く後ろめたさに口ごもりながら転居の理由を述べたのだが、実のところ、他《ほか》にもっと切実な理由があった。

長崎では両親、祖父母、中学に通う弟が同居していて、賑《にぎ》やかで、いざ上京して念願の一人暮らしが、実現してみると、…さびしかったんだ、恥ずかしいけど。

仲のよかった友だちとは離《はな》ればなれだし、同じ大学に入っても学部が違《ちが》うと「去るもの日々にうとし」なんかだったりするし、そりゃあ学校で友だちが出来なくはなかったけど、ぼくにはもう一つ、心の底を見せる付き合いってヤツができないでいる。

女の話、セックスの話。つきものだけど、ぼくは、興味のあるふりをしてクラスメートと話を合わせることに疲《つか》れてもい、また孤独《こどく》を感じてもいたんだ。

長崎時代はガチガチの受験校だったから、あんまり女の話とか…そういうの、ひんぱんではなかったわけ。

ぼくは、ひとまず「秀才《しゅうさい》クラス」と、ある種の蔑称《べっしょう》で遊び人の生徒たちが呼ぶクラスにいて、受験一筋の雰囲気《ふんいき》だったたし。

もっとも、その秀才クラスとやらの中では、ぼくは落ちこぼれだったけどね。科目により、その日のコンディションにより、出来不出来の激しい生徒だったから。

上京したとたん、ぼくは激しい解放感を味わい、即訪《そくおとず》れた先は原宿《はらじゅく》でもなく渋谷でもなく、新宿2丁目の「男街《おとこまち》」だ。

だが、夢見ていたことは何も起こらず、ぼく自身もそこにぼくが欲《ほっ》していたものがあるとも思えなかった。

2丁目で同じくオトコを好きな連中とつるんで、道端《みちばた》でひっかけられるの待ってキャイキャイ騒いでる。それは性《しょう》にあわない。

群れるのって、安心かもしれないけど、不得手だ。きらいだ。

初恋《はつこい》——。

好きになったのは同級生の男の子だった。

おたがい頬《ほお》を寄せ合って、熱くなる頬を感じながら、ただ黙《だま》っている、とたったそれだけのふれあいで終わった小2、校庭に降るようであった蝉時雨《せみしぐれ》の夏。

中学、高校と、ぼくは時折女の子にも惹《ひ》かれながら、しかし心の奥底ではとっくにわかってたんだと思う、自分の本能《リビドー》は同性に向かっていることに。

つまんない身の上話？　はこのくらいに。

群れに入るのをこばみながら、でも日々つのる都会の中に独り暮らす孤独感がどうにも耐《た》えがたくなった頃《ころ》、大学のキャンパス内で、ぼくは1枚の手書きのポスターを見つけたのだった。

『募集《ぼしゅう》　信望学舎《しんぼうがくしゃ》（YMCA系寄宿舎）舎生』

サークルへいざなう色とりどりの派手なポスター群のなかで、何の工夫もなく、マジックの律儀《りちぎ》な楷書《かいしょ》体で書かれただけのポスターだったが、ぼくはその足で大学から徒歩6分ほどの寄宿舎を訪れ、面接の申し込みをしたのだった。

寄宿舎はゆるい坂道を上り詰《つ》めたところにあり、年代ものの大きなケヤキとレンガの建物とが目印だった。

昔は、どんな土地柄《がら》であったのか、この一帯、ゆるやかな起伏《きふく》に富んで小さな坂道が多い。

面接は簡単なものだった。理工学部の4回生だという舎監《しゃかん》の前で、入舎したい動機を述べさせられたのだが、ぼくはある意味、真っ正直に答えたのだ。

「生きる目的がわかりません。あがいています。なんで、この世に生まれてきたのか、なんのために生き続けなければならないのか。あの…聖書はまともに読んだことがありません。これからも、たぶんないと思うんです。ただ、こういう寄宿舎に入れば、いやでも、…あ、スイマセン…あの、バイブルは読まざるをえないんだろうし…ひょっとしたら、自分が探している何かが見つかるかもしれないという…期待感があります」

ぼくは、ひょっとしたら聖職者になってもいいと、思い始めていたのだった。高3の頃、文化人類学者の書いたスリランカの僧院《そういん》における日本人の修行《しゅぎょう》僧の生活を知って以来だ。

聖職者という名のドロップアウト?っていうか…体制に順応《じゅんのう》して生きていけるとは、ちっとも思ってなくて。

坊《ぼう》さんや牧師、神父なら結婚《けっこん》しなくても、世間の目ってやつや、親をはじめ、親類縁者《えんじゃ》から見逃《みのが》してもらえるしね。

しかし聖職志向は逃避《とうひ》の手段としてのみではなく、それが仏教であれキリスト教であれ、何か清らかな世界にも憧《あこが》れていて。

修行僧として、ストイックに人生を過ごし終えるのもいいのではないか、という思いも…あった。

人生を終える、ってそんなこと、実感があるわけではないのだけれど、死への思いは少なからず、自死への衝動《しょうどう》という形でぼくの脳裏《のうり》に漠然《ばくぜん》とながら、あった。

27歳になったら死のうと思ってた。

その年齢《ねんれい》に確たる理由があるわけではないけれど。

たぶん、それがぼくの考えうる若さってやつの臨界点なんだ。

ぼくは、大人になりたくない。18にもなって、何を、ってそりゃあ自分でも思うけど、老いることがとても、こわい。

中年男になってる自分を許せない。

出家っていう形で、自分の若さを早々と捨て去ることで、老いることへの恐怖《きょうふ》や、うとましさから逃《のが》れられるような気もしている。

またその反面、思いきってニチョこと2丁目の世界に飛び込んで、どろどろに快楽におぼれて、何百人の男たちとやりまくって、という欲望もあり（ときいたふうなことを喋《しゃべ》りつつ、キスすらまだ体験がないんだ、男とも女とも）。

頭でっかちに考えるくせがあるのは教師にも親にも指摘《してき》されていたし、自分でもそう思う。

でも、方向を決めてからでなければ、ぼくは飛べない。ぶきっちょだし、よかれあしかれ律儀、慎重《しんちょう》。

どの方向か、選択肢《せんたくし》の先は両極端《りょうきょくたん》に分かれていた。

性格、極端なんだ。

我ながら、うざったいくらいの生真面目《きまじめ》さと、放恣《ほうし》に堕《お》ちていきたいという相矛盾《むじゅん》する欲望が二つせめぎあっていて、そこそこ中をとって適当に、ってことが出来ないんだ。

いや、出来ないって断言できるほど十分長くは生きていないから、「たぶん」出来ないと思う、と言い換《か》えるね。

しかし、ぼくの中では、聖職者と、快楽主義・刹那《せつな》主義のドロップアウターとはコインの裏表で、いずれも世捨て人の一語でくくられるのだった。

こういう考え方はヘンだろうか?

むろん、こんな頭の中でうじゃうじゃと考え澱《よど》んでいることは、面接の舎監の前では、さらしはしなかったけれど。

ただ、何だか漠然《ばくぜん》としかし痛切に不安で孤独で、ぼくが何か確かなものを求めてあがいてる人間だってことは、それなりに一生懸命《いっしょうけんめい》だってことは、理解してもらえたようで、肩《かた》すかしなくらい、あっけなくその場で信望学舎の舎生となることを許可されたんだ。

アメリカのＹＭＣＡ系財団の費用で建てられたという寄宿舎は、布教の目的もあるようだった。

だからキリスト教の信徒の生徒以外にも門戸は開かれていたわけ。

だったら、キリスト教になんか興味がなくても、適当なことを申し立てて、安い舎費に二食の賄《まかな》いつきを利用する不心得なやつもいそうだけど、しかし、考えてみりゃあ、毎朝7時からの朝礼――朝の礼拝だ――に出席、日曜ごとに教会に行くことを義務づけられ、おまけに門限まである寄宿舎に入りたいなんていうヤツって、たぶんそう多くはないんだよね。

というわけで、信望学舎の玄関《げんかん》右脇《わき》の舎生のネームプレートを差し込む位置に、あっさり「内田《うちだ》友也《ともや》」と、ぼくの名が加わることになったのだった。

ぼくが、もうちょっと詮索《せんさく》好きで注意深い人間であれば、30枚弱のネームプレートの1回生のエリアに「野城柊一」のぎ・しゅういち、とルビつきの、決して平凡《へいぼん》ではない姓名《せいめい》のあることに気づいたかもしれないのだが、十日後に激変するだろう暮らしのことに気を奪《うば》われてそれどころではなかったのだ。

まぁ、野城という名を目にしたところで、その時点では、なんの意味もない単なる記号に過ぎなかったわけだけれども。

考えてみれば、信望学舎を面接のために訪れたのが、5月31日であり、これは**FIFAワールドカップの開幕日**であり、フランス対セネガル戦がソウルで行われていた日であった。

そのことに、ぼくは運命を感じる。

いや、ぼくはスポーツには興味はなく、というより嫌悪《けんお》する気分のほうが強く、というのも運動神経が欠落していて体育の授業は、小中高通じて苦痛だった。

だから、ワールドカップなんか、どうでもよく、世間が騒《さわ》がしくなることをうざく思っていた。

それが…。思えば、あいつ、柊《シュー》こと野城柊一との出逢《であ》いも結びつきもすべて、この世界的な熱い祭りが核《コア》となっていて、ぼくは、つくづく運命ってやつの、いたずらっぽさを感じる。

5月分の家賃はむろん前月に払《はら》い込《こ》み済みだったが、6月初旬《しょじゅん》のアパート滞在《たいざい》分は大家さんの好意で、日割り計算にしてもらうことができた。

本当は引き払うひと月前に知らせなくてはならなかったんだけど、いい大家さんでラッキーだった。

バイトしなくていいほどの仕送りはあったが、暮らすにはぎりぎりラインであり、まるひと月分を請求《せいきゅう》されていたら、ちょっと厳しくなるところだった。引っ越《こ》しの費用もかかるし。

…って上京したばかりだし、たいした荷物もなく、タクシーで1回運べばいい程度なんだけど。

デスクは寄宿舎に備え付けがあり、買ったばかりの自分のは大家さんが自分の孫用にと貰《もら》ってくれた。

まだ生まれてもいない孫なんだけど、とにかく助かった。

で。

明日が引っ越しというその日に、ぼくが渋谷の街に出たのは、バイブルを買うためだった。アパートがある三軒茶屋《さんげんぢゃや》付近には、そこそこ大きな本屋もあり、聖書なんて簡単に手に入る、とたかをくくっていたのだが、ぼくが欲しい旧・新双方《そうほう》が1冊にまとまっていて、しかも文語訳というのが、まったく見つからなかったのだ。

賛美歌は簡単に手に入ったが、バイブルも明日からの寄宿舎暮らしには必需品《ひつじゅひん》なので焦《あせ》った。

大きな本屋といえば、まだ渋谷の東急会館内にある三省堂《さんせいどう》しか知らない。

そういうわけで、出かけた。

それが6月9日の日曜日、日本がロシアを1─0で下した日だった。

まったく興味もなかったワールドカップだが、日本がベルギー相手に意外にも好戦、引き分けという思いがけない結果が報じられると、「へぇ…」という感じに、少し関心を抱《いだ》き始めていたところへ、これもまったく予想外に日本の勝利なのだった。

もっとも、日本の勝利を知ったのは、三省堂を出た後、道行く人々の声高《こわだか》の会話で知ったのだ。

それから、ぼくは、同級生から聞いていた「さくらや」を、ちょっと迷いながら探し当て、新機種のＶＡＩＯなんかを見たり触《さわ》ったりして、でも買うお金はないから携帯《けいたい》のストラップだけ買って、「さくらや」を出たところで某《ぼう》芸能プロダクションの名刺《めいし》を持った男から声をかけられて、これは上京してから2度目の経験。

あ、こないだの原宿のは雑誌のモデルに、とかいうんだったっけ。

どっちにしても興味はない。モデルって言ったって、どうせジュニア系のそれだよ。実はコンプレックスの一つなんだけど、童顔なんだ…。

名刺を丸めて棄《す》てようとして、でもまがりなりにも人の名前だったりするから破れなくて、結局ポケットに入れたりなんかして、でも最後は棄てるに決まってるのに、この田舎《いなか》くさく律《りち》儀《ぎ》っぽい性格、なんとかならないかな…。

などと思いつつ、渋谷駅南口のバスターミナルのほうに歩いていたのだが、腰《こし》に国旗を巻いたヤツが歩いてたりなんかしてたけど、予期したようなワールドカップがらみの賑《にぎ》わいはなかった。

ただ、救急車とパトカーが同時に走っていて、なんだか不穏《ふおん》だった。

バス停まであと数分というところまで歩いたときだった。繁華街《はんかがい》のほうから、いきなり歓声《かんせい》が上がり、続いてスピーカーの声が聞こえて来た。

「騒ぎは周囲のお店や人々に迷惑《めいわく》をかけます。サポーターとしての礼節を守り、静粛《せいしゅく》に。街の

秩序《ちつじょ》を守りましょう」

ぼくが、きびすを返して繁華街のほうへ向かったのは好奇《こうき》心からだ。

サポーターたちのバカ騒ぎはテレビなんかで知っていた。

画面ではなく、ふと実物を見てみたくなったのだ。

オーレー、オレオレ、オレー♪

渋谷センター街の一角は、ぼくと同じ年頃《としごろ》の若者たちで、ひしめいていて、ロケット花火が上がったりなんかしていた。

そして。

ぼくは。

街灯の柱にのぼって旗を振《ふ》っているあいつ…野城柊一を目撃《もくげき》したのだった。

あいつを見たとたん、周囲の喧騒《けんそう》が絶えた。

この世にはいないと思っていた理想どおりの顔が、いきなり網膜《もうまく》に飛び込んできて焼きついた。

茶髪《ちゃぱつ》や金髪がほとんどの中で、あいつの短くツンツンとした黒い髪《かみ》が、なんだかひどく新鮮《しんせん》で。

男の子っ！

そんな感じ。

きりりとした眉《まゆ》は、時おり、きかん気な感じに片方がつり上がり、ひきしまった口が意志の強さを思わせる。

「ニッポーン！」

叫《さけ》んだときに、こぼれた歯の白さにぼくは見ほれた。

そして汗《あせ》をうかべた胸部の筋肉の盛り上がり。筋トレなんかで、不自然につけたそれではなく、ふだん運動している間になだらかに、しなやかに隆起《りゅうき》していった、という感じの。

過剰《かじょう》ではなく、なめらかな逆三ボディは、おそらくスイマーか、ライフセーバーか、サーファーなどのロウイング系アスリートのそれに違《ちが》いない。

背中の広背筋まで、繊細《せんさい》に、かつ逞《たくま》しく美しい。

ふと、あいつが振り返り、目があった。

シンと物音が途絶《とだ》えた世界に、その一瞬《いっしゅん》、ぼくとあいつと二人きりで、いた。

日本という島をうかべたこの地球。

その地球の、針先でつついたほど狭《せま》い一点で、夏の初め、ぼくはあいつと出くわしたのだ。

永遠をはらんだような濃《こ》い一瞬だった。

あいつは、街灯の柱を滑《すべ》り降りてきて、ぼくのすぐそばに立った。

喧騒が耳に甦《よみがえ》った。

ぼくはどうやら無意識に、街灯の下に近づき、佇《たたず》んで、あいつを見上げていたらしい。

あいつは、ぼくをとがめるような目つきで見た。

たじろぐような、それでいてそこから目を離《はな》せないような強い光が、あいつの目にはみなぎっていた。

「なんだよ!」

いきなり言われて、めんくらった。

「え…」

「人のことジロジロ見てんじゃねえよ」

顔に血が上った。

ぼくは、あいつが街灯の柱を滑り降りてからもなお、ちょっと見上げる位置にあるあいつの顔から目を離せないでいたのだ。

「……」

言いわけも考えつかず、ぼくは突《つ》っ立ったまま、目を伏《ふ》せていた。

あいつは、それ以上こだわることはせず、

「あれぇ、どこ行っちゃったんだ…?」

呟《つぶや》きながら、人波でごったがえすセンター街の通路のあちこちに腰をかがめ、目を走らせている。

どうやら、興奮の極《きわ》みで脱《ぬ》ぎ捨《す》てたシャツの行方《ゆくえ》がわからないらしい。

と、気づいたとき、ぼくは青くなった。

あいつのものらしいTシャツがあったからだ。

ぼくの、レザースニーカーの下に。入学祝いに親から買ってもらったフルレザーだ。どきり、と胸が波打った。

シャツには靴《くつ》の跡《あと》が残っていた。ぼくのスニーカーの泥《どろ》だけではないだろうが、しかしそのうちの一つは、まぎれもなく、ぼくのしわざだ。

あいつ、けっこう気が短いヤツかもしれない。

なにジロジロ見てんだよ、と言われたあの口ぶり、目つきで非難されたら、こわい。

ヘタしたら、ブン殴《なぐ》られる？

慌《あわ》てて足をどけ、まだ探しているらしいあいつを残してセンター街の出口に急ぎ足で向かった。

が、思い直して戻《もど》った。シャツを拾い上げた。

思いきって声をかけた。

「…えっと」

「あの…」

聞こえなかったらしい。

「（あの）さぁ、…シャツ、これ!?　シャツっ！」

上ずっていて、ほとんど意味をなさないセンテンスで声を張り上げると、あいつが振り返って、ぼくの手にしたものを見て人波を押し分けながら、黙《だま》って近づいて来た。

そして、無言でTシャツを、ぼくの手からひったくった。

広げて靴の跡をにらんでいる。

「あ…と、ごめんなさい。踏《ふ》んづけちゃった…みたいで」

小声で言うと、あいつは、ぼくを見つめた。

なんだか、人を値踏《ねぶ》みするような、空港の税関吏《ぜいかんり》みたいな目つき。

あいつは、ふん、とばかにしたように、ぼくから視線を外すと、シャツを、パンパンとはたいて泥を落とした。

でも、落としきれない土埃《つちぼこり》が模様になって白シャツに残った。

「ごめんなさい」

再び謝った。

「黙ってりゃ、わかんなかったのにさ。なんでよ?」

訊《き》かれてぼくは言葉に詰《つ》まった。

なんでなんだろう。

黙って立ち去るか、そうでなくても、自分が踏んだということは言わずにただ渡《わた》せば済むことだったのに。

「とにかく……」

と、ぼくは言った。あいつが、答えを待って立っていたからだ。

とにかく、どんな形にせよ、話せるチャンスだったから、とぼくは立ち去らなかった理由を自分でもやっとわかったのだが、口にはできないことだった。

「とにかく？」

と、あいつは次をうながす口ぶりでぼくの言葉を繰《く》り返した。

どうしよう、どう続ければいいんだろう。

「…こんなもん持ってるから、嘘《うそ》つけなかったのかも」

と、ぼくは三省堂の袋《ふくろ》から出した分厚い本を、あいつに見せた。

「バイブル？」

と、あいつは額に皺《しわ》を寄せて、そして、声に出して笑った。

よかった、ジョークが通じた。

「自分、クリスチャン？」

と、訊かれ、ぼくは思わず、うなずいていた。

YMCA系の寄宿舎に入るための通行手形のような本なのだったが、耳元でロケット花火が炸裂《さくれつ》するような騒《さわ》ぎの中で、長々と説明する雰囲気《ふんいき》ではなかった。

「旧字体じゃん」

黒い背表紙の金文字の「旧」の字が草かんむりのついた、ぼくには決して書けない古い漢字でにぶく光っている。

あいつは、ぼくに聖書を返し、しかし何となく、二人とも黙って突っ立っていた。

ぼくたちは、そのとき、確かに**見つめ合っていた**のだが、ぼく自身は見つめ合っているという意識はなく、あいつもたぶん、そうだったのだと思う。

ふと我に返ったふうで、あいつはぼくから急いで視線を逸《そ》らして、

「持っててくれる?」

返事も待たず、ぼくに日章旗を押しつけて、そして両腕《りょううで》を高々とあげ、その瞬間《しゅんかん》また腋《わき》の繁《しげ》みが露《あらわ》になり、そしてあいつはシャツを着た。

国旗をぼくの手から取るときも、「じゃな」と背を向けたときも、ぼくをもう見てはいなかった。

あいつは、はぐれていたらしい連れのグループと巡《めぐ》り合って、肩《かた》を組んだり、もつれ合ったりしながらぼくの視界から、たちまち外れた。

日本の勝利を喜ぶ騒ぎはまだ続いていて、ぼくは、ぽつんとその場に立ち尽《つ》くし、孤独《こどく》とも絶望ともしれない感情を嚙《か》みしめていた。

つい今しがた、至近にあった顔。

耳元にあった声。

消えて…しまった。

なんだか、取り返しのつかない気分。

これっきり。

もう会えない。

冷たい風が身体《からだ》を吹《ふ》き抜《ぬ》ける。

孤独は、単にもう会えないという感情からのみではなくて。

会えたところで、どうなる相手でもないことを、すでに思い知っているからだ。

これまで、好きになる相手、なんでだかストレートの…つまりは異性を愛するやつらばかりだったんだ。

ぼくは自身の中に潜《ひそ》む性的傾向《けいこう》を憎《にく》んでいるのかもしれない。だから、ゲイを素直《すなお》に好きにはなれない。

身体は男で中身は女だなんて…。そんな半端《はんぱ》なやつら、きらいだ、自分を含《ふく》めて。

もっとも、これは偏見《へんけん》で、のちにぼくは一人の人間の中にある「おとこ性」「おんな性」のごときものは、ゲイ、ストレートに関係なく、個体差によるものだということを知るのだが。

ぼく自身の中にも男はいる。意気に感じて熱くなるところとか、案外思いきりがいいところとか、論理で物事を組み立てたがるところとか、かっとなると意外にケンカっぱやくなるところとか。

自己分析《ぶんせき》はさておいて、これまでのぼくの恋《こい》の歴史が、すべて相手は異性愛者《ストレート》で、それはとりもなおさず、永遠に、決して、絶対、報《むく》われることのない恋だったから、いつの間にかぼくは自分の中に恋心が兆《きざ》すと、その場で抹殺《まっさつ》することに慣れてしまっていたんだ。

18歳にして、恋を封印《ふういん》してしまった気持ちを、悲しさをわかってもらえるだろうか。

人を好きになってはいけない、と自分に言い聞かせながら、青春という本来はたぶん輝《かがや》かしい季節と無縁《むえん》に過ごす日々の、絶望的なやるせなさをわかってもらえるだろうか。

そうなんだ、ぼくが出家とか聖職者などという、世の中からの遁走《とんそう》を考えるのも、絶望のゆえなのだ。

禁欲も無理にがまんすることはなく、それはすでにもうぼくはいやおうなく実践《じっせん》しているのだから。

少なくとも相手のいる性は経験がない。今後も相手なんか現れそうもない。

男なら誰《だれ》でもって居直れば別だけど。

ぼくの好みは気難しい。

そこそこで妥協《だきょう》するぐらいなら、いっそなんにも、ないほうがまし。

強がりだけど、本音でもある。

ぼくが、もし男であいつが女なら、あるいはぼくが女なら、ぼくは、あいつを追っただろう。せめて住む場所を知り、知ったら一日中でも歩き回って、偶然《ぐうぜん》の再会に賭《か》けただろう。会えたら、思いきって声をかける。

「つき合って下さい」でいいのかな。

「おぼえてる？　一度渋谷のセンター街で会ったんだけど」が前置きで。

いや、何もそこまで待つこともないんだ、走ってあいつを追いかけて、連れがいようといまいと、「お茶でもどう、これもご縁ってヤッだしぃ」って軽くアプローチかける、とか？

とにかく誠意を一杯《いっぱい》見せて、自分という人間を認めてもらえるようにがんばるだろう。

でも、その努力すらぼくには許されてはいないんだ。

あいつが姿を消した渋谷の夜の街を、ぼくは意味もなく、あてもなく、歩き回った。あいつの面影《おもかげ》を消し去るために。

決して成就《じょうじゅ》することのない恋にのめり込んで、自分を傷《いた》めつけるのはもうよそうよ、と自分に言い聞かせながら。

今まで、さんざんつらい思いをしてきたじゃないか。もういいよ。

あきらめることには、とっくに慣れてるよ。って、つぶやきながら、おいおい、やだねって感じで、涙《なみだ》が…にじ…んだり…なんかしたんだ。

あいつと、会いたい。

どう焦《こ》がれたって、「分不相応」な恋なんだから近づこうなんて思い上がったことは思わない。

ただ、もう一度あの顔を見たい。

声を聞きたい…。

賛美歌の朝

「あさかぜしずかにふきて、
小鳥もめさむるとき、
きよけき朝よりきよく、
うかぶは神のおもい」

信望学舎の門をくぐるかくぐらないうちに、賛美歌の声が建物の一角から湧《わ》き上がり、どうやら今、朝の礼拝が始まったらしい。

朝風の中で賛美歌を聞きながら、ぼくは信望学舎の玄関《げんかん》へ引っ越《こ》し荷物を詰《つ》めたイッセーの大きな黒いスーツケースを引きずっていった。

う〜ん、賛美歌かぁ…。

それが自分の暮らしに今日から入りこんでくるのだと思うと、ちょっと複雑な気分だった。

自分で選んだことなのに、いざ現実となって始まってみると、本当にこれでよかったのかどうか、不安にさえなって来る。

外界《げかい》との絆《きずな》を断《た》ち切って修道院に入るわけではなく、文学部の学生としての暮らしが今までと変わるわけでもないのだけれど。

レンガ造りの「信望学舎」は、東京オリンピックの頃《ころ》に建てられたそうで、恐《おそ》ろしく古いが、当時はスチームを管に通すスタイルの暖房《だんぼう》もあったそうで、快適な寮《りょう》だったらしい。

さして大きくはない3階建ての1階が食堂、集会室、ロビー、舎監《しゃかん》の部屋、2階3階に舎生徒が住んでいる。

建物は古びてはいるが、雨風《あめかぜ》にさらされてレンガはいい風合《ふうあ》いだし、あせたレンガの赤にケヤキの緑が映えて、ぼくはここを大学生活を送る場に選んだことを後悔《こうかい》すまいと、思った。

信望学舎というネーミングは、聖書の中の「信仰《しんこう》と希望と愛」という言葉から来ていて、舎監は「××書の第×節」とその箇所《かしょ》を面接のときに教えてくれた（××の部分は憶《おぼ》えられなかった）、買ったばかりの聖書の膨大《ぼうだい》なページをめくってチェックしてみたのだが、見つからなかった。

この寄宿舎でぼくは、「信」と「望」と「愛」を見出すことができるだろうか。

そんなことを考えながら、大きなケヤキが一角に蔭《かげ》を作っている赤レンガの建物を見上げていた。

朝礼の終わる頃、来るようにと言われていたのだが、早朝で道が空《す》いていたせいで、かなり早めに着いてしまった。

賛美歌の後は、聖書の朗読でこれは舎生が輪番制で担当するらしい。好きな賛美歌を選んで皆《みな》で歌い、そのあと担当の舎生がこれも自分で選んだ聖書の一節を読み、所感を述べるのだそうだ。

朝礼の最中《さいちゅう》に声をかけるのがためらわれて、ぼくはとっておきのレザーシューズを脱《ぬ》いで、ロビーに上がった。

スリッパが何足か脱ぎ捨てられていて、これは舎名入りなのでどれを履《は》いてもいいのだろうと思う。

ネームプレートを差し込む位置にはすでに「内田友也」とぼくの名もあるし、まあ自由に振《ふ》舞《ま》ってもさしつかえない、ということにして。

ロビーのテーブルには朝刊のつづりが読みさしという感じで広げられたままになっており、賄《まかな》いのおばさん以外はすべて男という大所帯の乱雑さが、スリッパの乱れ方にも見て取れる。もっとも大所帯とは言っても、建物のキャパはそれほど大きくはなく、現在舎生は新入りのぼくを入れて29名だと聞いている。

へぇ、ファイナンシャルタイムズのインターナショナル版なんかも置いてあるな…などと観察しているうち、賛美歌が終わり、聖書を朗読する声が聞こえてきた。

温かみのある深いトーンの声だった。

朗読に続いて、読み上げた箇所に関しての所感が述べられる。

座っているのも落ち着かなくなってきて、ぼくは立ち上がり声のするほうへ行ってみた。

朝礼は集会室ではなく、食堂で行われるらしい。

食堂の脇《わき》の白板には今月のカレンダーが欄《らん》として書き込まれていて、それは朝食・夕食と区分けされていて、何らかの都合で食事を摂《と》らない日は前もってそこに「欠」の字を自分の名前とともに書き入れる決まりのようだ。

昨日の夕食と今朝の朝食の欄に欠の字があるので、なんとなく名前を見たら「野城柊一」とあった。

「のしろ」なんだろうか、「のぎ」と読むのだろうか、などとぼんやり考えていたら、

「あれ？　来てたんですか。声かけてくれりゃよかったのに」

見ると、久保木《くぼき》さん…理工学部4回生であり、かつ、この寄宿舎で舎監を務めている…だった。

「おはようございます」

挨拶《あいさつ》したぼくの肩《かた》を抱《だ》くようにして、久保木さんはぼくを食堂内へといざなった。

「荷物はとりあえず、ここに置いといて。まず、とにかく皆に紹介《しょうかい》しましょう」

後輩《こうはい》にも丁寧《ていねい》な言葉を使う久保木さんはクリスチャンだった。

食堂ではその日の配膳《はいぜん》当番が、カウンターから味噌汁《みそしる》や焼き魚、ご飯などをトレイに載《の》せて、配っている最中だった。

久保木さんが、パンパンと手を打ち鳴らして、

「新人くんを紹介します！　内田友也くん。文学部の1回生です。今日から仲間になります、よろしく」

急な展開だったので、ぼくは「よろしくお願いします」と会釈《えしゃく》するだけで気のきいた挨拶もできなかったが、舎生の人たちからは歓迎《かんげい》の拍手《はくしゅ》を貰《もら》った。

久保木さんは、コの字型に並べられたテーブルの一角にぼくをいざない、

「この人が桜井淳《さくらいじゅん》くん。今日からきみの同室になる先輩です」

寄宿舎は個室と二人部屋とあり、3回生までが二人部屋、4回生から個室という割《わ》り振《ふ》りで、二人部屋は原則として、先輩後輩《せんぱいこうはい》の組み合わせでシェアすることになっていた。

同室になった桜井さんは商学部の3回生で、一浪《いちろう》しているので歳《とし》はぼくより3個上の21歳。大人びて落ち着いて、さっきの聖書を朗読する温かな声音《こわね》は、この人のものだった。

いい人と相部屋で、とりあえず、ほっとする。

桜井さんを筆頭に、次々に舎生の名前と簡単なプロフィルが久保木さんから紹介され、「おう」と手を上げて応《こた》えるそぶりが、すっかりおっさんという感じの人もいて、鄭《てい》さんと呼ばれる中国からの留学生は、国際部の学生だそうだ。

「これで全部…」

と言いかけた久保木さんを遮《さえぎ》ったのは、おっさんみたいな舎生で、3年浪人の新聞記者志望、

ヘビースモーカーだそう。

「ノギが外泊《がいはく》して不在だよ」

ああ、野城はのぎと読むのかと、思っていると、舎生の誰《だれ》かが、

「あいつ、女んとこじゃないのかな。最近、年上のおねーさんといい仲になってるらしいから」

そう言うと、周辺からうっすらと笑い声が上がり、キリスト教系の寄宿舎なので、もっとストイックな雰囲気《ふんいき》を想像して身構えていたぼくには、肩すかしだった。

考えてみれば舎生の皆がキリスト教徒であるわけではなく、ここでも最大の関心事は「女」なのか…と、内心ため息の洩《も》れる思いだった。

「野城くんは、きみと同じ新入生です。彼は経済学部ですが」

女の所に外泊うんぬんを聞こえなかったように久保木さんが淡々《たんたん》とした口ぶりで言う。

野城という舎生は、大阪《おおさか》の出身で、お父さんが関西では著名な経済学の学者先生だということだった。

野城か…。同学年でも、友だちにはなれそうにもないな。年上の女のとこで外泊するタイプじゃあ、話も合わないだろうし。ぼくとは、無縁《むえん》の世界のヤツだ…って、そのときは考えていたんだ。

「同室を桜井くんに決めたのは、きみが繊細《せんさい》そうでナーバスで、違《ちが》ってたらごめんなさいだけ

ど、でも同室は温厚《おんこう》な人がいいと思ったからですよ」

と久保木さんの説明だった。

桜井さんは、チェロを弾《ひ》くという。穏《おだ》やかな笑顔《えがお》で、ぼくの分の食事を用意してくれた。

今朝の分の食事は期待してなかったので、嬉《うれ》しかった。

炊《た》きたての湯気の立つご飯は、やっぱりいいや。大量に炊くせいか「んまいっ！」の一語。

上京以来、三食は学食で済ませてたしね。

1階に住み込みでいる寮母さん手づくりのおかずも美味《おい》しくて、やっぱりここに移ってきてよかったなぁ、とぼくは思い直している。

食べ物でさ、ころっと楽天的になるんだから。

図々《ずうずう》しくお代わりまでしながら、はぐはぐ食べていたら、ひそひそと囁《ささや》き交《か》わす声が耳に入ってきた。

「野城、今夜はいるんだろうなぁ。新入生のメンツが揃《そろ》ったってのに、あいつがいないんじゃ、歓迎の洗礼もできないな」

誰かが言い、「しっ」ともう一人がそれを制して、歓迎の洗礼をなんで、そんなに秘密めいて喋《しゃべ》らなければならないのか、謎《なぞ》だったが新米の身では訊《き》き返すことも、はばかられた。

しかし歓迎はともかく洗礼って、なんだ？　そりゃ、確かにここは、そのたぐいの寮ではあるけれど、教会ではないはず。

二人部屋は八畳《じょう》程度の洋室で、昔はリノリウムの床《ゆか》だったそうだが、張りなおして現在はフローリングになっている。

ドアを開けると正面が窓で、玄関《げんかん》脇のあのケヤキが枝を差しのべていて、ぼくは嬉しくなった。

デスクが二つ、背中あわせにあって、デスクの上部の壁《かべ》に、大きくはないが備え付けの本棚《ほんだな》もあり、ドアの脇にはこれも広くはないが二人用に分かれたロッカーがあった。

ベッドはむろん、二つ置けるほどの余地はないから、2段ベッド。

寝具《しんぐ》は自前だが、これは前もって送っておいたのを、桜井さんが下段のベッドに置いておいてくれた。

どうやら、ぼくの寝《ね》場所は下段らしい。

本当は上のほうがいいんだけど、新入りだし後輩だし勝手なことは言えないよなぁ。

しかし、オナニーなんかみんな、どうしてるんだろう、と寝具をベッドに用意しながら、ぼくは、ふと、あられもないことを考えた。

桜井さんのデスクにティッシュの箱が置いてあったからだ。

一人部屋ならともかく、二人部屋はなあ。

とりあえず、切実な問題ではある。

まるで防波堤《ぼうはてい》を突《つ》き破《やぶ》って流れ出す洪水《こうずい》みたいな激しさだからね、ぼく（たち）の排出《はいしゅつ》欲ってさ。がまんできるってレベルじゃないんだし。

トイレの中も落ち着かないだろうし、風呂《ふろ》も共同だし。

まいったなあ、こんな問題に直面するとは。しかし、これが共同生活ってことなんだよな。

早く4回生になって、個室を頂戴《ちょうだい》したいもんだ。

野城ってヤツなら、てきとーに外泊しちゃ、年上のきれいな（かどうか知らないけど）おねーさん相手に手取り足取り、いろんなこと教わりながら、充実《じゅうじつ》の性生活を送ってるんだろうけどさ。

なんか、むかつくなぁ。

かんけーないけど。

でも大体、キリスト教系の寄宿舎に入って、女のとこに泊《と》まりたいなら、最初から一人で暮らせよー。

とかぼくは本を棚に納めながら内心、毒づいている。

こっちは、ひょっとしたら、これをきっかけに聖職者への道を歩み始めるかも、なんて、ちょっと厳粛《げんしゅく》っぽい気分なのに、なんだか邪魔《じゃま》っけなやつめ。

聖職者はわからないけど、ストイックな暮らしを選んでここに来たつもりなのに、なんだか洗い立ての、折り目のきちっとついた真っ白のハンカチを汚《よご》されてしまった気分、まだ会ったこともない、その野城柊一とかいう尻軽《しりがる》スケベヤローに。

これから授業に出るという桜井さんに、気になっていたことをぼくは訊いた。

「あのぅ、歓迎の洗礼って、なんなんですか」

すると、桜井さんは出て行きかけた足を、ふと止めて、

「まぁ、新入生が入ってくると必ず、ここで行われる行事なんだけどね」

なんだか歯切れのよくない口調。

もの問いたげなぼくの表情に桜井さんは更《さら》に、

「新入生の枠《わく》は今年4人で、内田くんが入ってくるまで3人だったの。で、4人、メンツが揃ったんで歓迎会をやろうということなんじゃないの？」

そう言って桜井さんは、部屋を出て行ってしまった。

歓迎会はわかるけど、洗礼っていったい…？

そして、ぼくは、つい想像してしまったんだ。

ここって男子寮なんだよね。

まさか、どっかの運動部みたいに、先輩の手で強引に「皮」をむかれたり、飛ばしっこ競争なんかさせられるんじゃないだろうな⁉

ひざまずかされて、好きでもない先輩の臭《くさ》いとこを口に突っ込まれる、とか。（げろげろ）

おらおら、おまえら、おれたちの前で、さかってみろよ、とか？（え）

…まさか、ね。

ここは宗教系の寄宿舎だ。

よもや、そんな野蛮《やばん》なことはないだろう。

だが、ぼくの胸は不穏《ふおん》に波立ったのだった。

深夜の洗礼

事務処理能力に欠けているせいで、入学時早々の履修《りしゅう》登録は悪夢だった。

必修科目と選択《せんたく》科目と振《ふ》り分けて整理しながら、大学では時間割を自分で作るんだ。知らなかった。

今日午前中が、休講が一つあったせいで、ぽっかり空いてしまったのも、ぼくの履修登録の不手際《ふてぎわ》からだ。

荷物の整理を終えると、さしあたってすることもなく、1階の集会室を覗《のぞ》いてみた。

アップライトの古びたピアノがあり、傍《かたわ》らのチェロは桜井さんの物だろう。

ピアノの上部の壁には、十字架《じゅうじか》のキリストの絵がかけられてあり、ここがどういう寄宿舎であるのかを、改めて思い出させてくれる。

世の中の悲しみ、苦しみを一身に背負った悲愴《パセテイック》なそのお顔。

この荘厳《そうごん》な眼差《まなざ》しのあるところで、まさか妙《みょう》な「洗礼」はないだろう、とぼくはまだこだわっている。

どうも先輩舎生たちの、意味ありげな目配せが気になってしかたがない。

しかし妄想《もうそう》だよなぁ、そんなこと。

どっかで期待してたりして。……嘘《うそ》、嘘！

誰《だれ》でもいいっていうような淫乱《いんらん》じゃない。

だから2丁目へも1度足を踏《ふ》み入れただけで、二人から声かけられたのを断って、すごすご一人ぽっちの部屋に戻《もど》ってきたんだし。

でも今日から共同生活が始まる。

しんしんと滅《め》入《い》るようなあの寂《さび》しさからは解放されるんだ。

やっぱり移って来てよかった。

煩《わずら》わしいこともつきまとうかもしれないけど、それを上回るメリットがある。

自分の選択が正しかったんだという再確認《さいかくにん》をしてから、ぼくは部屋に戻り掃除《そうじ》をして、ガラスも磨《みが》いた。

共有部分の清掃《せいそう》は賄《まかな》いのおばさんの役割だが、居室は個々やることになっている。

桜井さんは、わりにきちんと暮らしているらしく、そんなに汚《よご》れてはいなかったが、窓ガラスまでは行き届かなかったらしく、雑巾《ぞうきん》が黒くなった。

水を替《か》えたバケツで雑巾をすすいでいるとき、ふと視線を感じた気がして、ケヤキに目をやると……驚《おどろ》いたことに人影《ひとかげ》があった。

帽子《ぼうし》をかぶっているので顔は見えないが、タンクトップから突き出た二の腕《うで》の盛り上がりが見事だ。

その人物はケヤキの太い枝に腰《こし》を下ろし、幹に背をもたれるような姿勢で本を広げていた。

とっぴなことをするヤツがいるもんだ。

確かに今日はむしむししていて、緑陰《りょくいん》の枝の椅子《いす》は心地いいとは思うのだけど。

しかし、どうやって高い枝に上がったんだろう。

両手を回しても半抱《かか》えも出来ないほどの幹をよじのぼるのは不可能。

とすれば…。

ああ、窓の外にコンクリートの張り出し部分があり、窓枠《わく》をまたぐと、そのテラスもどきの場所に降り立つことは出来る。

たぶん、そこから枝へ移ったんだ。

しかし、危ないことをするもんだ、ここの住人なんだろうけど。

ぼくは慎重《しんちょう》という名の臆病《おくびょう》でもあれば、高所恐怖症《きょうふしょう》の気味もあるので、妙に感心しながら、チラチラとその優雅《ゆうが》な読書人を観察していた。

そのうち興味も失《う》せて、念入りに拭《ふ》き掃除して清潔になったデスクにフランス語の読本を広げ、ふと窓外を見たぼくは、息を呑《の》んだ。

枝を椅子にしたあの人物が、まさかのお昼寝《ひるね》の最中らしく、首が時おり、かくっと前のめりになるではないか。

迷った末に声をかけることにした。

万一、レンガ敷《じ》きの道に落っこちたら、骨折はほぼ確実。そして頸椎損傷《けいついそんしょう》とか、頭の打ち所が悪かったら、とか最悪の光景が脳裏《のうり》にひらめいて、

「もしもし！」

お間抜《まぬ》けな言い方で、声を張り上げていた。

枝にいる人物は「んん…」と声を洩《も》らし、身じろぎして、その瞬間《しゅんかん》、身体は斜《なな》めにかしぎ、ぼくはほとんど悲鳴を上げていた。

「危なっ…‼」

だがその人物は、器用に体勢を立て直すと、いともお気楽にアクビなんか洩らして、そしてこちらを見た。

あれっ⁉　という顔をしたのは、あっちが先だったか、ぼくのほうだったか、たぶん、同時だったんだろう。

お互《たが》い、瞬時、無言で互いの顔を見つめていた。

「あれぇ？」

「ああっ？」

「げえっ、まじ⁉」

同時にぼくたちは声を発していた。

「ええっ、こんなことって⁉」

って、これも重なって、言葉は、ほぼ同時。

ぼくは呆然《ぼうぜん》と窓際に両手をつき、突《つ》っ立ったきり、あとの言葉を探しあぐねている。

「ってか、なんで、お前が、そんなとこにいるわけ?」

あいつが言う。

「今日からここに住むことになったんだ」

そう答える間もぼくの頭の中では鐘《かね》が鳴り響《ひび》いている。リンゴン、リンゴン、運命ダ、リンゴ～ン♪

なんてこった!

やっほ!!

うをーいっ!!!

そ、そ。感嘆符《かんたんふ》が幾《いく》つも花火みたく胸の中ではじけたのだった。

でも次のあいつの言葉に鐘は鳴り止《や》んだ。

「なんだ、だからバイブルなんか持ち歩いてたのか。もの好きだなあ。ま、いいけどさ」

歓迎《かんげい》はしない、と露骨《ろこつ》にそう聞こえる言い方だった。

そして、あいつは、なおも、

「しっかし、びっくりしたなあ、もう。マジ大学生かよ。高校生か、ひょっとしたら、チュウボウかと思ってた。がきっぽい顔してるよなぁ」

憧《あこが》れから怒《いか》りへ。

その間隔《かんかく》は思ったほど長くはない。

頭の中に血が煮《に》え立っていた。

「もの好きってどういう意味かなあ！　きみも、ここに住んでんじゃないの⁉」

自分でも荒々《あらあら》しいな、と思う声音《こわね》でぼくは言い放っていた。

するとあいつは、ちょっとびっくりしたようだったが、

「おれは、親に入れられちゃったんだよ。おれ遊び人だから、一人暮らしはだめだってさ。親、クリスチャンなんだよね」

そして、ふいに関西弁に砕《くだ》けた言い方で、

「今日入舎する新入生って自分のことやったんか。びっくりしたな、もう」

そして人なつこい笑顔《えがお》になった。

「野城柊一。自分、何ていうんや」

自分、というのはぼくを指すらしい。

「内田友也」

答えながら、ぼくの怒りは、あっけなく溶《と》け去っている。野城の笑顔が、なんで？　と、そう訊《き》きたいくらい優《やさ》しく、蕩《とろ》けそうに甘かったからだ。

だが、野城はすっと表情を元に戻した。

「そんなわけで、自ら進んで入った寮《りょう》じゃないんで、おれ協調性には欠けるから、そこんとこ、以後よろしく」

そして視線を膝《ひざ》の上の本に戻《もど》した。

必要以上に近づいてくれるな、とその無言の横顔が言っているようだった。

ぼくは、ぼく自身の本…フランス語のテキストに視線を落としたが、頭には入ってこなかった。

何だか凄《すご》い再会にうき足立ったが、現実ってやつは、常にこうなのだ。

いくら夢に見た理想の相手でも、無縁《むえん》の相手なら、いないのと同じ。

再び巡《めぐ》り会っても、会わなかったことと同じじゃないか。

いや、会わないより最悪。

再会しなければ、単に憧《あこが》れとしてきれいなまま思い出にしまっておけたのに。

ぼくは、つかのまでも再会の僥倖《ぎょうこう》に舞《ま》い上がった自分を嗤《わら》った。

奇跡《きせき》的にレアな確率の再会は、やはり奇跡的なその後の展開を用意してくれそうで。

そんな予感に胸が震《ふる》えて、熱くなって…。

だが、単なる独《ひと》りよがりの幻《まぼろし》だったたってことなんだ。

OK！　上等じゃないか。大勘違《かんちが》いの友也くん、さあ、とっとと現実ってやつに、戻《もど》りましょうね。

そのうち、昼時になり、ぼくは午後の授業のテキストを束ねると、ケヤキのほうは見ないようにして立ち上がり部屋を出た。

でも、懲《こ》りないっていうか、ばかだと自分でも思うんだけど、玄関《げんかん》を出て、ぼくはやはりケヤキを振《ふ》り仰《あお》がずにはいられなかったんだ。

あいつは、まだそこにいた。

ちょうど本を閉じて、枝から窓辺のテラスへと飛び移ろうとしているところで。

そして。

短いパンツの隙間《すきま》から、太ももが露《あらわ》に見え、ぼくはまた、だらしなくも目を逸《そ》らすことが出来ずに、見上げていたんだ。

下着の脇《わき》から、微妙《びみょう》な翳《かげ》りの部分がちらっと見えたような気がしたが、定《さだ》かではない。

でも、もうぼくは欲望を持ち越《こ》すことはなかった。

自分とは無縁の人、とあいつの存在は心から追放してしまったからだ。

カチッ。

心の最もやわらかな部分に、自分で鍵《かぎ》をかける音を聞いたような気がした。

野城は振り返りもせずに、2階（その階に部屋があるらしい）の窓の向こうに消えた。

野城柊一。…柊の字は訓読みすれば「ひいらぎ」でクリスチャンであるという親の命名なんだろう。

たぶん、クリスマスの季節に生まれ、それにちなんで柊の字を取り入れたんだろう、という推測はのちに知ったところによると、あたっていたのだが。

あまりにも思いがけない再会だったので、教室で講義を受けている最中にも野城の顔が、表情が、浮かんだが、むしろ…さあ、どう言おうか、うっとうしい存在としてであった。

いや、うっとうしい、というのはニュアンスが違うかもしれない。

一目で強烈《きょうれつ》に――あまりにも強烈に惹《ひ》きつけられた男が、同じ屋根の下で息しているということは、願っても普通《ふつう》は叶《かな》えられない僥倖《ぎょうこう》のはず。

だが、それがもはや絶望的に手の届かない対象であると改めて思い知った今、あまりにも身近にいるあいつの存在は、いたずらに飢《う》えを、渇《かわ》きを、苦しく増すばかりだ。

「求めよ、さらば与《あた》えられん」と拾い読みした聖書の中のマタイ伝は教える。

だが、求めて与えられる可能性のあるのはたぶん信であり義であり真理であり。

決して恋《こい》しい男の愛ではない。

だから。

ぼくは、あいつを心から放逐《ほうちく》してしまったのだ。

こうして、あいつは、そこにいて、しかしぼくの心の中には、存在の影《かげ》すらもなくなったのだった。

そのくらいの思いきりのよさは、ぼくにだってある。

たとえそれが、絶望の裏返しの思いきりであるとしても、だ。

ぼくは、あいつがぼくの心に居座ることは許さない。

出て行け。

さようなら。

ああ、すっきりした。


朝食は7時きっかりに始まる朝礼の後、と決められているが夕食の時間は自由だった。

夕べの礼拝も割愛《かつあい》されている。

夜間部の学生もいるしバイトに出る人もいて、夕方舎生全員が顔を揃《そろ》えるのは不可能だからだ。

キッチンに用意されている食事をおのおの勝手に持ち出し、片づけも洗い物も自分でやる。

食堂で野城の姿は見かけなかった。

そしてその夜…。


門限は11時で、公共部分の消灯も同じ時間、室内の点灯は自由。

だが、朝礼は毎朝必ずあるので、6時半には起きないと、着替《きが》え洗面が間に合わなくなる。

というわけで、午前1時を過ぎる頃《ころ》になると、どの部屋の明かりも自然に消えるらしい。

ことに相部屋の場合は一方が起きていると、片方の眠《ねむ》りのさまたげになるので、都会にしてはわりに早寝《はやね》の習慣が不文律であるようだった。

入舎1日目の緊張《きんちょう》と、ささやかだが引っ越《こ》しの疲《つか》れもあって、その夜、ぼくが二段ベッドの下にもぐりこんだのは、午前零《れい》時前であったと思う。

まだ机に向かっている桜井さんにおやすみなさい、を言って枕《まくら》に顔を載《の》せて、ほどなくぼくは引き込まれるように深い眠りに落ちて行った…。

身体《からだ》が、いきなりふわりとうき上がり、ぼくは夢を見ているのかと、ぼんやりそう思っていた。

意識を徐々《じょじょ》に取り戻したのは、担《かつ》ぎ上げられたまま、階段を上がっているときだ。

担ぎ上げられているということは、自分の腰《こし》や肩《かた》に数人の手を感じることで、そうわかった。

階段を担ぎ上げられているらしいと感じたのは、ぼくの体が斜《なな》めにかしいでいたから。

一度眠りについたら少々の物音では目を覚まさないし、朝までぐっすり眠るほうだ。

まだ覚めきっていない意識の中で、ぼくは何が起こっているのか、起ころうとしているのかつかめないでいた。

恐怖《きょうふ》はおぼえたが、なにしろ出来事が唐突《とうとつ》で、切迫《せっぱく》した恐怖感ではない。

どうやらぼくは4階に運ばれているようだった。

3階建てだと前に言ったが、屋上に通じる階段の脇に共有の風呂場《ふろば》があり、脱衣《だつい》所に洗濯機《せんたくき》なども置いてあり、そのスペース分が、いわばオプションでつけ加えられた変形4階という

「趣《おもむき》の造りになっている。

どうやら、そこに運ばれているらしい、とようやく覚め始めた意識でそう悟《さと》った瞬間《しゅんかん》だった。

ザバン！

水音と共にぼくは暗い湯船の底に沈《しず》んで、そしてうかび上がった。

はじけるような笑い声と歓声《かんせい》と共に、風呂場の明かりが暗がりに慣れた目に眩《まぶ》しくついた。

口と鼻から吸い込んだ水が出た。

なんだ、こりゃ。

敏捷《びんしょう》なヤツなら、さっさと湯船から出たのだろうが、ぼくはきょとんと腰を下ろしたまま、動けずにいた。

風呂場にいたのは、3、4人の先輩《せんぱい》たちで、桜井さんの顔もあった。

「びっくりした？　これが信望学舎恒例《こうれい》の新入舎生歓迎《かんげい》の洗礼なんだよ」

気の毒そうな、そしてちょっと笑いをこらえたような表情で桜井さんが、そう言った。

なんだ、こんなことだったのか。

ぬるま湯だったが、濡《ぬ》れたTシャツが身体に張《は》りついて、ちょっと寒い。

そう、パジャマ代わりに来ていたTシャツと短パンごと、湯船に放り込まれたのだった。

ふぅ。

んしょっ、と湯船から上がっているとき、不穏《ふおん》な声が下から聞こえて来た。

「なにすんだよ、ばかっ、ぶっ飛ばすぞっ！」

　ついで、

「痛《いて》っ！」

　と別の声。

　ぼくは、あっけにとられて、湯船の中で中腰《ちゆうごし》状態のままの、お間抜《まぬ》けな格好《かつこう》。

「おい、ヘルプ、ヘルプっ！」

　駆《か》け込んできたのは新聞記者志望でヘビースモーカーだという黒沼《くろぬま》先輩だった。

「野城のヤツ、大暴れしやがって、後藤《ごとう》なんか殴《なぐ》られちゃったぜ！」

　それっと、風呂場にいた他《ほか》の先輩たちも外に飛びだして行く。

　いったん外に出ていた桜井さんが、戻《もど》って来て、風呂場の明かりのスイッチに手をかけ、そしてぼくのほうを振《ふ》り返った。

「早く上がって、身体を拭《ふ》かないと風邪《かぜ》、引くよ」

「あ？　ああ、はいっ。あの、野城くんも、洗礼受けるんですか？」

　すると、桜井さんはスイッチに手をかけたまま、

「そ、そ。新入生の中では彼だけが、まだなんだよ。外泊《がいはく》が多くてね。それで、きみが入舎したのを機に、いっきに済ませちゃえってことに、ね。ごめんな。しかし、きみはおとなしかったねえ」

明かりが消えた。

儀式《ぎしき》は暗がりで行うのが習いらしい。

その間にも、階段のほうからは、

「なにすんだよっ！」「こら、離《はな》せっ！」

などなど、と野城の怒声。

「観念しろっ！」

「これが済むまでは、お前は舎生じゃねえんだからよっ！」

などなど、と先輩諸氏の怒鳴り返す声。

まるで午後4時台、時代劇の再放送。

悪代官にかどわかされる村娘《むらむすめ》？

あは。って寒いよ、ちょっ、ヘッ、クシュン。

しかし抵抗《ていこう》するなぁ、あいつ。

ぼくなんか、されるがままの子羊だったもんなぁ。

これって欠点？　美点？

素直《すなお》って意味じゃあ、美点なんだろうけど、もしぼくがかどわかされた村娘なんかだったりしたら、あっさり手籠《レイプ》されてるわ。

どやどやと一団が風呂場に入って来たらしい気配があって、次の瞬間、ザッバ〜ン！

黒い人影《ひとかげ》が湯船に放り込まれ、上がりかけていたぼくは、あおりをくらって、また湯船へ。

ええっ、ちょっ…なんだよー。

ぐ、ぐ、ぐっ。

ぐるぢー。

野城の手が、ぼくの頭を押さえつけ、湯船に沈めたのだ。

ぼくも「悪代官」一味だと思われているのかもしれない。

ぞっ、ぞーぢゃないってばっ！　はっ、離してよっ！

ブクブクッ。ザバッ、ザバン！

ようやく、頭を水から上げたとき、明かりが点《つ》いて、先輩たちは勝利の雄《お》たけびを上げ、そして…出て行った。

ぼくは、むせ返り、何度も咳《せき》をした。

なんてこった。

あー、苦しかった。

目をあけると至近に野城の濡れた顔があった。

トクン。

心臓が、切なく一つ打った。

「くっそー、野蛮《やばん》なやつらめ」

と、野城は出口のほうをにらみつけ（アラ気の強い村娘だこと、おほっ）、そして改めて、ぼくのほうに目を向けた。

「おまえも、やられたのかよ」

湯船の中で互《たが》いの膝頭《ひざがしら》が触《ふ》れ合っているのを感じながら、

「うん」

と、ぼくはうなずいた。

手に、ある感触《かんしょく》が実は残っている。

野城が投げ込まれて、お互いにやみくもに身体を動かしているとき、ぼくの左手に、ムニュッと触れたものがある。

最中《さいちゅう》は、それどころではなかったが、今、改めて思い返すと、あれは野城の…、あそこの感触だった。

はずみで、ぼくの手は野城の唇《くちびる》にも触れていた。

その双方《そうほう》の感触が、ありありと…甦《よみがえ》り、ぼくを動揺《どうよう》させた。

そんなぼくの揺《ゆ》れ動きを、野城は知らぬげに水音を荒《あら》く立てて立ち上がり、湯船から出て、ぼくもそれに続いた。

野城の夏パジャマが身体に貼りついて、布に隠《かく》されたラインがくっきりと見える。

尻《しり》の割れ目までもが露《あらわ》だった。

堅《かた》く引き締《し》まった、きゅっと上に持ち上がった形のいいヒップだ。

野城はぼくの目の前で、パジャマの上着を剝《は》ぎ取った。軽く舌打ちしながら。

で、ぼくもようやく、濡れたシャツを着ていることの気色悪さに気がついて。ほとんど、ばか。

でも、ぼくは脱《ぬ》がなかったんだ。

なぜなら、脱いでもバスタオルがないので、ぐしょ濡れの身体《からだ》を拭けないから。

でも、野城はそんなことは頓着《とんちゃく》せずにパンツまで脱ぎ去っちゃったんだ。

思うんだけど。

バスタオルがないからという理由で、濡れた衣服を身につけたままのヤツと、そんなこと頭をかすめもせずに、とりあえず、するする脱いじゃうヤツと。

どっちが幸せつかめるかっていうと、そりゃあ、後先考えずに脱ぎ捨てるヤツなんじゃないかと思うんだ。

ぼくは慎重《しんちょう》すぎて、色んなこと逃《の》がすタイプのような気がする。

ベッチョーッと濡れそぼったTシャツとショートパンツをまとったまま、ぼくは、どうしていいのか解《わか》らずに立ちすくんでいたのだった。

「おまえ、脱がねーと風邪引くぞ」

えっ⁉　野城がぼくのこと心配してくれてる⁉

しかし…。

野城は、ボクサーパンツに手をかけたまま、とまどったように呟《つぶや》いた。

「あ、バスタオル…」

だから―。

ないの、タオル。

湯船の水は、水というほどに冷たくはなくて。

それは、たぶん、気持ちばかりは先輩《せんぱい》方が沸《わ》かしてくれていたおかげだと思うけど。

でも、湯上りならぬ「ぬるま湯上がり」の身体は、カタカタと小刻みに震《ふる》えが来るようになっていて。

「おまえ、震えてるじゃん」

言ったとたん、その野城も、くしゃみする始末。

そこへ、現れたのが、桜井さんで、手に――サンク・ゴッド！――バスタオルを手にしていた。

「さっきは、ごめんね。でも、これで、内田くんも野城くんも、晴れて信望学舎の舎生だよ」

そう言って、出て行ったが。

タオルはぼくのだけで、野城のは、なくて。

ぼくは、バスタオルを野城に差し出した。

「使って」

するとと、野城は、えっ!?　という表情になり、

「おまえのほうが、ガタガタ震えてるじゃん。いいよ、おまえ使えよ。おれ、後で借りるからよ」

「いや、ぼくはいいから」

って、ちょっと押し問答したんだけど、野城が、2度めのくしゃみをして、

「なぁ、ちょっとあったまらないか？　このままじゃ、風邪引くぞ」

言って、ぼくの返事は待たず、風呂《ふろ》のスイッチを入れたのだった。

野城は、トランクスを脱ぎ捨てると、ザバン！　とすでに限りなく水に近くなっている湯船に体を沈《しず》めていた。

あっという間の出来事だったのだが、ぼくの視界を、揺れながらかすめた彼の象徴《しょうちょう》が、窒息《ちっそく》しそうな興奮度でぼくの脳裏《のうり》には焼きついていたんだ。

ちらっと目の前を過《よ》ぎっただけなのだが、竿《さお》の先っぽの、なめらかな丸みが、くっきりと記《き》憶《おく》に刻まれていた。

すっかり先端《せんたん》は露出《ろしゅつ》していた。

割礼《かつれい》の習慣がない日本では、平常時の亀頭《グランス》は、包皮に覆《おお》われ、勃起《ぼっき》時に露出するというケー

スが多いんだけど、野城のは…いわゆる「ずる剝《む》け」ってヤツ（下品で気が引けるけど、ぴったしなんで）。

生れつきなのか、使い込んでいるせいなのか、知らないけど。

湯船の野城が、ぼくのほうを振《ふ》り返った。

「まだ、ぬるいけど、そこに突っ立ってるよりはましかもよ。じき、湯も沸くしな。入れよ」

ぼくは、野城に背中を向け、脱いだ。

のだが。

困った。

パンツに、…ひっかかる、のだ。

野城のそれを見せつけられて、ぼくの器官は充血《じゅうけつ》、膨張《ぼうちょう》をし始めている。

ぼくは、息をつめ、苦手な数式を必死に頭の中で組み立てて、熱くなった部分の沈静化《ちんせいか》に成功した。

チャプリ。

柔《やわら》かさをなんとか取り戻《もど》したそこ（それでも、芯《しん》にはまだ硬《かた》さが残っていたが）を片手で押さえ、右足から湯に入る。

「おまえ、色が白いなあ」

いきなり声をかけられ、どきりとする。

え、見てたの？

目を伏《ふ》せて、肩《かた》まで、まだぬるい湯につかる。

「あのさぁ」

と野城。

「おまえ、姉さんか妹いる？」

唐突《とうとつ》な質問にぼくは、

「ううん。弟が一人いるけど」

すると野城は、

「ちぇーっ」

気落ちした表情をうかべる。

「え、なんで」

すると野城の手が、つと伸《の》びてぼくの頰《ほお》に触れ、呼吸が瞬時《しゅんじ》止まった。

なっ。なに、これ⁉

「おれ、肌《はだ》がきれいな女って好きなんだよなぁ」

…はい？

「おまえの顔も、めちゃ、好みなんだけどなぁ」

「……」

野城はぼくの頬から、やっと手を離《はな》して、

「姉さんか妹がいたら紹介《しょうかい》してもらおうと思ったのに、ちぇ〜、つまんねぇ」

そんな責めるような口ぶりで言われたって。

「でも、野城くんて彼女いるんでしょ。年上の」

すると野城は、

「いる」

あっさりと認めた。

そして、

「おまえのほうが、きれいかもな」

ぽつんと言い。

トクン、とまた胸が一つ鳴る。

だが野城は、

「なんで、おまえ女に生まれてこなかったの?」

って真剣《しんけん》な顔で言われても。

「女だったら、どうする?」

ドキドキしながら、さりげなく訊《き》いてみた。

「自分の女にする」

それが野城の答えだった。

嬉《うれ》しさがこみあげたぼくは、愚《おろ》かだ。

「女だったら」という条件つきなのに。

千年かけてもクリアできない条件なのに。

でも、たとえ虚《むな》しくてもぼくが野城が好む顔や肌の所有者であることが、やはり素直《すなお》に嬉しかったんだ。

しかし、さっき垣間《かいま》見て、今も湯越《ご》しに、ゆらりと見える野城の「男」の部分が、目下の恋《こい》人《びと》である女性の器官を貫《つらぬ》くことを考えて、ぼくは羨望《せんぼう》と嫉妬《しっと》に胸が焼け焦《こ》げるようだった。

野城の過去の女、すべてをぼくは憎《にく》み、羨《うらや》んだ。

野城が、苦しげに眉根《まゆね》を寄せた。

「くっそー、溜《た》まってんだよなぁ。ああ、やりてえっ」

吐《と》息《いき》とも喘《あえ》ぎともつかず、それがなまなましくて、ぼくは押し黙《だま》った。

でも、ゆうべは彼女のとこにいたんじゃなかったっけ…。

ぼくの内心の疑問を読みとったかのように野城は、

「ゆうべ、思いっきり出してくるつもりだったんだけどさ、おれの女、いきなりお客さんが来ちゃったとかで」

「え…」

「だから、淑女《しゅくじょ》を月一で訪《おとず》れるゲスト」

「ああ……」

そして、ちょっとの間、言葉が途絶《とだ》えて。

「やべぇ!?」

と野城が低く言った。

「え？」

「——勃《た》ってきちゃった。女のこと考えてたら」

ははっ、とぼくはおざなりに笑ってみせ、野城から視線を逸《そ》らして黙りこんだ。

野城の口から発せられた「勃つ」という言葉にそそられて、「ぼく自身」もまた、頭をもたげ始めていた。

数式を必死に考えたり、平安遷都《せんと》から始まる年号を順に頭の中で言ってみたりするのだが、無駄《むだ》だった。

ぼくが興奮していることを悟《さと》られたらどうしよう。

かなり、みっともなくないか？

野城には「溜まってる」という大義名分があり、あっけらかんとそれを口にしたことで身体《からだ》の変化はさして恥《は》ずかしくもないことだろうが、ぼくは。

勃つ理由なんかないじゃないか。

湯から上がろうにも、まだ身体を温めるほどには温度が上がっておらず、第一、今上がれば、「変化」に気づかれてしまう。

平常時は片手で覆《おお》うことのできるそこも、元気になると、片手では無理。

両手でもはみ出てしまう。

つい今まで饒舌《じょうぜつ》だった野城も妙《みょう》に黙りこくっていて、なんだか息苦しい沈黙《ちんもく》が続く。

お互《たが》いが身じろぎするたびに、チャプッ、チャプッ、と湯音が深夜の浴室に、いやに際立《きわだ》って響《ひび》く。

チャプリ。チャプリ。…チャプッ。

「…しないか？」

沈黙を破って野城が言い、だがぼくは聞き取れなかった。

「え…？」

すると野城は、

「2度、言わせんなよ、こんなこと」

怒《おこ》ったようにそっぽを向いた。

「え、だって、聞こえなかったから」

沈黙。

ふいに野城が顔を元に戻して、ぼくの手首をつかむ。

チャプッ、チャプリ。

温まり始めた湯が揺《ゆ》れ動き、野城に摑《つか》まれたぼくの手は、屹立《きつりつ》した野城の器官に導かれていた。

「——!?」

絶句しているぼくに野城は、

「な? このままじゃ寝《ね》られねえよ。出しっこしないか、お互い。おまえ、溜まってねぇ?」

そして、ぼくが挟《はさ》んで立ち上がらないように用心していたそこへ手を伸ばしてきて、反射的に身をよじったぼくの「部分」は、腿《もも》の呪縛《じゅばく》から解放されて、湯の中に跳《は》ね上がった。

野城は一瞬黙《いっしゅんだま》ったが、やがて笑った。

「んだよお、おまえも溜まってんじゃん」

ぼくは羞恥心《しゅうちしん》で、言葉もなくしてた。

溜まってるからじゃなくて、きみが。きみの存在が。

「他人《ひと》の手のほうがキモチいいからさ。やろうぜ」

と、野城はまだぼくの手を握《にぎ》っている。

「やらけー手ェしてんなぁ、おまえ」

そういう野城の手は男っぽく、硬《かた》かった。

野城は、ぼくの手を離し、ぼくの器官に改めて触《ふ》れ、指先で先端《せんたん》をつまんで、クニュ、クニュと、なでて、もんだ。

「いっ…!?」

思わず声が洩《も》れ、のけぞった。

「感度いいじゃん…」

野城の声音《こわね》が微妙《びみょう》に上ずっていた。

「なぁ、おれのもやってくれよ。たまんねぇんだよぉ」

ぼくの指先は震《ふる》えていた。

チャプッ、チャプッ、チャプリ…。

ついさっきまで、永遠の禁忌《きんき》であった野城のその箇所《かしょ》が、いともあっさりとぼくの手の至近にあり、触れられるのを待ち望んで身もだえしていた。

そこに到達《とうたつ》するまで、一瞬のようにも感じ、とても長い時間にも感じた。

指先が触れた。

息が喉《のど》のところで、瞬時《しゅんじ》止まった。

これが、恋焦《こいこ》がれた男のあの場所？

これは現実なのか。

ためらいがちの軽いタッピングを指先で野城のに繰《く》り返すうち、たまらなくなり、握りしめた。

チャプッ。…チャプリ…。

ずきん、ずきん、と野城の「男」の拍動《はくどう》が手に伝わってくる。

茎《くき》を握ったまま、指先を、つつっと伸《の》ばし、雁《かり》にタッチして、クリクリッと動かした。

「うっ…」

野城は喉を見せて、のけぞった。

野城がぼくをいじっていた手はいつの間にかお留守になっていたが、ぼくは構わなかった。彼に触れ、彼の熱さをそそり立て、駆《か》り立てることに、ぼくはぼく自身の欲情を託《たく》して、手指を動かし続けた。

男は男の感じる場所を知悉《ちしつ》している。

力の入れどころも、押さえ方も、自身の身体で学習済みなのだ。

チャプリ。チャプリ。…チャプッ。

ぼくの手の動き、野城の身じろぎにつれ湯は音を立てて揺れ動き。

ぼくは左手で野城の茎を握って支え、右の手のひらを野城の先端のなめらかな丸みに当てて、円を描《えが》いた。

ゆっくり、ゆっくり、時に速く。

チャプリ、チャプッ。

野城は、

「ああっ、もう、たまんねえよっ」

ザバリ、と湯音を立てて仁王《におう》立ちになり、ぼくの後頭部を両手で押して、ぼくの顔を股間《こかん》に押しつけた。

屹立して張り詰めた野城の茎がぼくの鼻先に当たり、ぶるんと、はねる。

縮《つ》れたヘアが口元や鼻先に当たる。

「舐《な》めてくれよ」

野城の声が頭上でした。

命令ではない、どこか切実な嘆願《たんがん》の声音。

ぼくは口をO《オー》の形に開いて、含《ふく》んだ。

「あぅ…」

と野城はのけぞらせた喉を震わせて声を洩らしたが、

「…痛《いて》ぇよ。歯があたってる」

野城に言われ、いったん口を離《はな》し、今度は慎重《しんちょう》に喉の奥まで滑《すべ》り込ませる。

くわえるのは初めてだが、自分のを、もしやってもらうとしたら、こうして欲しいと思うことを野城に試みた。

感じるところ、やり方、は同性の身体だから、容易に想像がつく。

口をすぼめて、棒の先端《さきっぽ》まで引き、舌を雁の丸みにぺたりと置いて、くるくると舐め再び、口中深く呑《の》み込む。

袋《ふくろ》に包まれた胡桃《くるみ》2個を片方の手でいじりながら、茎の筋をもう片方で撫《な》でさすり、その間も舌の先端は、野城のくびれた溝《みぞ》、最も敏感《びんかん》な箇所の周辺を、つつく、そしてちろちろと舐め回していく。

胡桃を納めた袋は、まるで媚薬《びやく》みたいな、微妙な、ほのかな、匂《にお》いを放ち、ぼくは袋の片側をも、口に含んで、そして野城が袋にも快感を感じていることを感じ取っていた。

野城の声の上ずり方や、びくんと震わせる胴《どう》の動きで彼の反応を測りながら、じわじわと攻《せ》め立てる。

野城の歓《よろこ》びがぼくの歓びであり、野城の悦楽《えつらく》のさまにぼくも濡《ぬ》れた。

ガマン汁（関西のほうではスケベ汁というらしいが）——樹液のごとき透明《とうめい》の液——で、野城の先端は、ぬらっとしていた。

舌を、野城の茎のあちこちに、くねらせているうちに息が苦しくなったので、顔を外す。

野城の、「鈴《すず》」の部分の割れ目からは、なおも先走りが滲《し》み出ていて、ぼくが尖《とが》らせた舌先でそれを、ツッとすくうと、

「うっ…あうっ…」

野城は快楽の波動に脇腹《わきばら》を小刻みに痙攣《けいれん》させて、ぼく自身も、器官はもう腹にくっつきそう

なくらいになっていて、とめどもなく潤滑《じゅんかつ》の液を滲《にじ》ませている。

野城の勃起力《ぼっき》は凄《すご》い。

風呂《ふろ》の床《ゆか》と平行に立ち上がっていたそれは、ぐんぐん仰角《ぎょうかく》の角度を上げて、褐色《かっしょく》の陰嚢《いんのう》をキュッと縮めて持ち上げながら、誇《ほこ》らしく天を仰《あお》ぐ状態になっている。

人の昂《たか》ぶりを初めて見る。

よく小説なんかで「直立」なんて表現してるけど、そんなもんじゃない、腹とほとんど平行なくらいに勃《た》ち上がる。

ぼくだけじゃなかったんだ。

したい盛りの身体《からだ》って、そうなんだ。

野城は膨張率《ぼうちょうりつ》も凄かった。

垂れている時の大きさも、手にずしりとくるくらいだが、立ち上がるにつれ、それは嵩《かさ》を増し、青筋をうかべ、硬度《こうど》も凄い。

傘《かさ》と棒とを隔《へだ》てる溝も、えぐれて深くシャープで、これを受け入れる女性の肉体の悦楽って、どんなんだろう。

この、溝にこすり上げられる内奥《ないおう》の襞《ひだ》の感触《かんしょく》って…。

勃起度が増すにつれ、小さな胡桃を二つ納めた袋は、逆に縮んで硬く持ち上がる。

袋の中で蠢《うごめ》いていた胡桃も、締《し》めつけられて動かなくなる。

袋の下部の、線状に盛り上がった筋を舐め上げると、野城は身をよじって、よがった。

自分の身体で知悉していることを、ぼくは野城の身体で復唱していた。

やがて、ぼくは自然に野城の、とりわけ感じるスポットを会得していた。

股《もも》の内側から、舌を腹へ向けて舐め上げ、臍《へそ》に触《ふ》れる。

野城の器官はぼくの口に含まれたがって、ピクン、ピクン、はねているが、ぼくはじらす。

快感地帯を無数の蟻《あり》が這《は》いまわるような、ぞくぞくする、もどかしい感覚が、自分がやられているわけでもないのにわかるのだ。

他人であって、自分の身体と同一の構造を持つ肉体への愛撫《あいぶ》は、どこかで自分自身への愛撫につらなる何かが、潜《ひそ》んでいるようだ。

しかし、同じ男の身体なのに、なぜ他者のそれは、こうも心を熱くそそり立てるのだろう。

なぜ、こうも、いとおしいのだろう。

ぼくは、むちゃくちゃ興奮していた。

「入れて」

野城の息を呑む気配が伝わって来たが、言ったぼく自身が、もっと驚《おどろ》いていた。

今、何て言った⁉

取り消し！　今のなし！

だが、野城は聞き逃《のが》してはくれなかった。

「悪いけど、おれそういう趣味《しゅみ》ねーから」

醒《さ》めた声音《こわね》だった。

「ちょっと言ってみただけだよ、勢いで。女ならこういうときに、こんなふうに口走るのかな、とか思ってさ」

この期《ご》に及《およ》んで「女」を持ち出し、冗談《じょうだん》にまぎらしている自分が情けなかった。

野城はぼくから離れ、湯音を立てて湯船から出た。

軽蔑《けいべつ》された……？

ばかなことを口にしたばかりに、ぼくは思いもかけず与《あた》えられていた至福のときを失ってしまったようだ。

へこんだ。

もう二度とこんなチャンスはないだろう。

だが、

「上がれよ」

と野城が言った。

わけがわからず、ためらったのだが、野城の強い目の光に誘《いざな》われるように、ぼくは湯から上がった。

すると野城は、ぼくの肩《かた》に両手を置き、後ろを向かせて、背後から抱《だ》いて来た。

抱きすくめられた。

「わりぃけど、おまえの、…が見えると、しらけて、おれのが、しぼんじゃうからさ。後ろ向きでいいだろ?」

何をする気…。

だが、ぼくは領《うなず》いていた。

野城の手が胸をまさぐる。

「なんで、おっぱい、ねぇんだよ」

そんな、ないものねだりされたって。

それでも野城は、ぼくの乳首《ちくび》を慣れた手つきでつまんで、クリクリと愛撫して、ぼくは、初めてそこが快感の源泉になり得ることを知ったのだった。

そして、乳首もまた、硬《かた》くなり勃起するということも、知った。

その夜までなんの意味もなかった小さな突起《とっき》が、つままれるだけで、キィィンと脳天まで快美感が貫《つらぬ》く。

なんで、男の乳首が、こんなにも感じやすく創《つく》られちゃったんだろう!?

「ん、あぁ、あぁ、あぁ…っ」

この、あられもない声は自分の口から迸《ほとばし》ってるのか!?

まるでHヴィデオの女優みたいに!

でも羞恥心《しゅうちしん》を抱くほどのゆとりもないほどに、愉悦《ゆえつ》の度合いは切迫《せっぱく》して。

それに何より、野城に背後から包まれるようにして抱かれている、そのたとえようもない幸福感。充足感《じゅうそく》。

耳たぶがいきなり軽く嚙《か》まれた。

「あ、…んッ…いッ」

嘘《うそ》だろ、みっ、耳が!?

こんなにも、こんこんと快楽の蜜《みつ》を溢《あふ》れさせる壺《つぼ》を潜めていただなんて!?

その夜から、耳もぼくにとっては単なる聴覚《ちょうかく》の器官ではなくなったんだ。

肉体に潜む秘密を教えたのは野城。

悪いヤツ…。

好きだ。

耳の中で野城の唾液《だえき》が温かく、グチュグチュと鳴る。

そして…。

ぼくの閉ざした腿《もも》の間に、ヌラリと野城のものが進入してきた。

「バックはだめだけど、スマタならやれるから。いいだろ?」

スマタ? ぼくはその言葉の意味を知らなかったけど、野城は、ぼくの耳に熱い息を吹《ふ》きかけながら、腰《こし》を動かし、肉の棒を進めたり、退《ひ》いたりさせ、たぶん、スマタって、挿入《そうにゅう》なしに相手の股《また》っていうか、重ねた腿の肉の間でピストン運動することなんだ…。

そう悟《さと》ったぼくは、両腿に力を入れ密着度を高くした。

すると野城は、

「うう…いい。きもち、いいよぅ…」

あえいだ。

ぼくの腿のやわらかい部分を、野城の雁《かり》が激しく、ときに緩《ゆる》やかに往復している。

野城に背後からぐいぐい押してくる力に押されて、ぼくは壁際《かべぎわ》に押しつけられ、タイルに両手をついて、自身と野城の重みを支えている。

野城がぼくから離《はな》れた。

石鹸《せっけん》を手のひらで泡《あわ》立てて、ぼくの内腿に塗《ぬ》り、再び硬い茎《くき》を差し込んできた。

「おお、…すっ、凄ぇよ…いいよぉ」

滑《すべ》りのよくなった内腿で繰《く》り返される動きが、息せききって速くなって行く。

「いっ…ヤベ、いきそー」

野城は動きを止めた。

野城の手が背後から伸《の》びて、ぼくの器官に触れた。

「いいよ、無理しなくても」

ぼくが言うと、野城は、

「おればっかり、よくなってちゃ悪いから」

野城の触《さわ》り方は無骨で、上手ではなかったけれど、触られているというそのこと自体がぼくには、考えられないほどの快楽であり、あっけなく、上り詰《つ》めそうになった。

「あっ、でっ、出そう…」

訴《うった》えると野城は、

「がまんせぇ、一緒《いっしょ》にいこうぜ!」

絶頂《アクメ》を目前に耐《た》えている切なげな切迫した声音。

動きはより加速度がつき、ソープの泡と、なお盛んに噴《ふ》き上げているらしい野城の汁《しる》とが混じり合い。

ぼくの腿はグチュグチュ、といやらしい音を立て続けている。

野城は自身の先走りと石鹸の泡との混合した潤滑《じゅんかつ》液を、ぼくの器官になすりつけ…快楽の度合いは、いきなり鋭《するど》くなり。

「いっ、…いぃ…いっ、きそう…あぁんっ、出るよ、出ちゃうよぅ…」

ぼくの絶頂寸前の、きれぎれの声は、なぜだか、野城をもそそり立てるらしく、ぼくの耳元に吐《は》き出される野城の息も、荒《あら》く熱くせつなげなものに高まっていた。

「よしっ、いくぞっ!!」

野城が低く唸《うな》り、——

その瞬間《しゅんかん》、

ビュッ、ビュッ…

と、ごく短い間を置きつつ、計何回か野城の「精」が、ぼくの内腿に吐き出され、野城の最初の噴出《ふんしゅつ》の気配を感じた次の瞬間、ぼく自身もミルク色の精を激しく放ち、風呂場《ふろば》の壁《かべ》のタイルを直撃《ちょくげき》していた。

精を放ってからも、野城は背後からしばらく、ぼくを抱いたまま息を整えている。

あたりに濃密《のうみつ》に立ち込める栗《くり》の花の匂《にお》い。

すると腿の間を、ツ、ツーと、生温かな感触《かんしょく》が幾筋《いくすじ》か滑り落ちて行く。

野城が放った「液」だった。

いとおしかった。

「ふぅ」

と息を吐いて、野城がぼくから離れた。

「やっちゃったなぁ、おい」

野城の声音は、さばさばとしていた。

その、さっぱり感がぼくを、がっかりさせる。

ぼくとしては、ぼくにとっては、おそらく一生記憶《きおく》に刻印されるほどの出来事であったし、野城とは快楽を分かち合ったという、何と言うか、もっと…秘密めかした余韻《よいん》を期待していたのに。

ぼくと喘《あえ》ぎを共にした男は、放出の後、けろっとした表情で、液にまみれた箇所《かしょ》にシャワーを、かけたりなんかしてる。

ぼくとの突発的な出来事も、彼にとってはオナニーの変種ぐらいでしかないのだろうか。

そう言えば、相互《そうご》オナニーなんて言葉もあるな…。

「ひっ」

と腰を引いたのは、ぼくだ。

野城がぼくの脚《あし》の間に、いきなりシャワーを向けたのだが、冷たかった。

「精液って、お湯じゃ落ちきれないからさ」

って。

そりゃあ、知ってるけど。水のほうが、さっぱりと流れ落ちるけど。

「やっ、やめろよっ!?」

野城、面白《おもしろ》がって身体《からだ》にも冷水シャワー浴びせてくるんだ。

ぼくは腰をかがめ、野城の脚にタックルした。

「あっ、おっ、やめろって、おい、転んじゃうよ!」

ぼくらは、もつれあい、奇声《きせい》をあげながら、ふざけた。

が、こんなの本意ではない。

こんな、男の子同士の単なるじゃれ合いで、終わるなんて。

情事っていうんですか？　お互《たが》い体をそれなりに重ねた余韻をそっと味わいつつ……

って、ぼくの夢も理想もがたがた。

「ひっ、わぁ、こら、やめれってば！」

野城が、ぼくの脇腹《わきばら》をくすぐっている。

二人で湯船につかった。

「う〜、やっぱ、出てるよ〜」

と野城が、自分の先端《せんたん》を指す。

白い液が、茎の鈴《すず》の割れ目から、糸状に、ちろっと湯に溶《と》け出しているのだ。

ぼくのから、も。

シャワーを浴びながらオナニーしたことは何度もあるが、かなり念入りに後始末しても、バスタブの湯に白濁《はくだく》した液の残滓《ざんし》って流れ出すものなんだ。

「湯ぅ抜《ぬ》いとかな、やばいなぁ。あの二人なにしてたんやって言われそうやん」

野城が、時おり気まぐれのように喋《しゃべ》る関西弁が、好き。

あの二人、か…。と。ぼくは、野城の言葉のその部分だけを心のうちに反芻《はんすう》してみる。

「二人」という語感にカップルというニュアンスを求めるのは無理があるけど、でも二人、と一緒にまとめてもらえたことが、幸せだったりして。

「なぁ内田、悪いけどおれのタオル持って来てくれないかな」

野城に言われ、ぼくは桜井さんが持って来てくれた自分のネームを入れたバスタオルを腰に巻いて、2階まで降り、野城の居室に行った。

野城の部屋もむろん、二人部屋だが、彼は一人でそこを使っている。入舎にあたり、それを野城が強引《ごういん》に主張したそうで、それが通ったのは大学教授で、キリスト者であるお父さんのコネが強大だったからのようだ。また、どのみち先輩《せんぱい》と下級生との割《わ》り振《ふ》りをすると、新入生が一人「余る」状態であったようだ。

野城の部屋は乱雑だったが、ベッドは清潔だった。

二段ベッドの上を彼は使っていて下段は本やサッカーボール、CD、ラップトップのパソコンなどが散乱していた。

デスクの椅子《いす》の背にかけてあったバスタオルを持って、ぼくが風呂場に戻《もど》ると、湯を落とした湯船にシャワーをかけて裸《はだか》の野城が、ぼくたちの狼藉《ろうぜき》の後始末をしていた。

野城が動くたびに、股間《こかん》でぶらぶらするのが、なんだか可愛《かわい》くもあり、またぼくの新たな欲情をそそりたてもした。

ううん、「排出《はいしゅつ》」はもういい。

ただ抱《だ》き合って、野城の体温を感じていたい。

キスして欲しい…。

あれほどの行為《こうい》を分かち合ったというのに、野城の唇《くちびる》を知らない。

そんなぼくの思いを知らぬげに野城は、鮮《あざ》やかなブルーのバスタオルで手早く身体を乾《かわ》かすと、腰に巻いて、

「ありがとう。じゃな、おやすみ」

さばさばとした口ぶりでそう言い、ぼくはそこに留まる理由もないまま、小さく「おやすみ」を返し、自室に戻った。

そっとドアを開けて息を潜《ひそ》めて中をうかがうと、桜井さんはすでにベッドで寝息《ねいき》を立てていた。

部屋の明かりを点《つ》けるのははばかられたので、デスクの前の壁に取り付けられている小さな蛍光灯《けいこうとう》をともして、濡《ぬ》れた衣服を椅子や窓枠《まどわく》に広げてから着替《きが》えた。

「遅《おそ》かったね」

いきなりだったので、びくっとして桜井さんのほうを見た。

桜井さんは枕《まくら》に頭をつけたまま、

「あんまり遅いんで、見に行こうかと思ってたんだよ。なにしてたの？」

おっとっと。

共同の浴室に鍵《かぎ》はない。

見に来られてたら、確実に目撃《もくげき》されてただろう。

見られないまでも、あの声は聞かれちゃっただろう。

なんて、無鉄砲《むてっぽう》なことをぼくらはしてしまったんだろう。

野城くんとセックスしてた。

そう答えたら、どんな顔をするだろうと思いながらぼくは桜井さんに、

「体が冷えきってたんで、風呂であったまってたんです」

「あ、そう。野城も？」

「はい」

「あのね、時間外の風呂は沸《わ》かしちゃいけないことになってるんで、念のため。まぁ、今夜は、仕方ないけど」

「はい、わかりました」

「おやすみ」

「おやすみなさい」

入舎1日目にして、なんて凄《すご》い経験をいきなり、してしまったんだろう…。

野城とのあれこれを頭の中で反芻しているうちに、ぼくは深い眠《ねむ》りに落ちた。

キス100万回

「朝礼の時間です〜、起きてくださ〜い！」

廊下《ろうか》から聞こえる朝礼担当の舎生の声をぼくは夢うつつに聞いている。

輪番制による朝の礼拝担当者は、眠たい盛りの舎生たちの目覚まし時計役も兼《か》ねなければならないので大変だ。

廊下を大声で触《ふ》れ回る前に、スピーカーでチャイムが鳴るが、それで全員が起きるなどということはあり得ない。

担当の舎生は、朝礼に使用される食堂をこまめに覗《のぞ》いては、姿の見えない舎生の部屋のドアをノック、それでも応答がなければ部屋に入り、ベッドで眠りこけている舎生を揺《ゆ》り動かして起こす。

中には揺り動かされて、いきなりむくっと起き上がり、怒《おこ》り始めるのもいるそうだ。

相部屋の舎生は大抵《たいてい》、どちらかが起きてもう一方を起こすので問題はないが、いつも、起こすのは性格の律儀《りちぎ》なほうで、わりに合わないような気がする。

だが申し訳ないことにぼくはその朝、先輩の桜井さんに揺り起こされてしまった。

初日の緊張《きんちょう》に続いて、唐突《とうとつ》で乱暴なあの洗礼、そして何よりも…野城との思わぬ一夜で、ぼくはくたびれ果てていたらしい。

野城の夢を見るかと期待したのだが、何の夢も見なかった。

窓の外のケヤキで小鳥の声がする。

野城がその枝に腰を下ろしていたあのケヤキ。

すべてが野城に結びつき、ぼくは内腿《うちもも》にそっと触れてみる。

そう、ここに野城の、…があった。

まるで火傷《やけど》のようにその部分の記憶《きおく》がなまなましい。

そして手指に甦《よみがえ》る、野城の器官の触れ心地。

硬《かた》いとき、やわらかい状態。

二つながら、ぼくは知っていた。

「洗面所、込み合うから早くしたほうがいいよ」

桜井さんに促《うなが》されて、ぼくはようやく上半身を起こす。

が、朝の徴《しるし》がぼくの短パンの前を盛り上げているので、それがおさまるまではベッドから出られない。

野城も隆々《りゅうりゅう》と朝勃《だ》ちさせてるんだろうな。

…しかし、あれは現実に起こったことなのだろうか。

清浄《せいじょう》な朝の光に満ちた部屋で記憶を反芻しているうちに、あれが夢の中での出来事だったような気がして来る。

きっと、野城の顔を見れば、現実だったのだということを実感できるだろう。

いけない、朝の徴はおさまるどころか、野城のことを考えていると、ますます元気に充実《じゅうじつ》してくる。

桜井さんが出て行ったのを機に、ぼくはテントを張ったままベッドを抜《ぬ》けて洗面の支度《したく》をした。

各フロアに設けられているトイレ脇《わき》の洗面所で歯ブラシを使うときにも、野城のあそこがこの口の中にあったのだ、とつい思い出してしまう。

野城。野城。

目が覚めた瞬間《しゅんかん》から、野城のことを想《おも》っている。

ああ、いったい、どうなるんだろう、これから！

こんなにも野城に焦《こ》がれていて、その身体を知る前より、いっそう思いは募《つの》っていて。

だけど、今後どうなって行くのか、ちっとも見えなくて。

野城柊一、好きだ、好きだ、死ぬほど、息がつまるほど！

今朝、どんな顔で野城に会えばいいのだろう。

さりげなく。淡々《たんたん》と。

そうだ、そうしよう。

だが。

朝礼の席に恋《こい》しい男の姿は、なかった。

「312番」と朝礼当番の舎生が指定して、ぼくらはいっせいに賛美歌《ヒム》のページをめくる。

男声のみによる賛美歌が始まった。

集会室にはピアノもあるのに、なぜか朝礼は食堂で、賛美歌も伴奏《ばんそう》なしのアカペラ。

おそらく集会室だと、次の朝食のための移動が必要で、その煩《わずら》わしさを避《さ》けるためなのだろう。

賛美歌はむろん知らないけれど、譜面《ふめん》は読めるので、途切《とぎ》れ途切れになんとか、ついていける。

聞けば、朝礼での賛美歌は定番のごときものがあり、歌われるのはそう数多くないから、そのうち憶《おぼ》えてしまうとのこと。

「いつくしみ深き　友なるイエスは
　罪とが憂《うれ》いを　取り去りたもう」

「憂い」か、いい響《ひび》きの日本語だな、と思いながら、さしあたってぼくの憂いは、姿のない野城のことであった。

賛美歌の後は、当番による聖書の朗読。

今朝はぼくと同じ新入生の担当だったが、ぼくよりひと月早く入舎していて、物慣れた様子で「マタイ伝、第七章」と言った。

周囲の舎生たちに倣《なら》って、ぼくもバイブルのページをてきぱきと翻《ひるがえ》して、マタイ伝を探す。

マタイ伝第七章のすべてが読み上げられるわけではなく、本日の所感にふさわしい何行かが、朗読の対象となる。

朗読が始まって、やや困惑《こんわく》したのだが、担当者が読んでいるのは現代語訳のほうで、しかし、右隣《みぎどなり》に座った人のを横目で見ると、ぼくと同じ文語訳のほうだったので、安心した。

舎生それぞれの好みで、現代語と文語とが混在してるらしい。

『狭《せま》き門より入れ、滅《ほろ》びにいたる門は大きく、その路《みち》は廣《ひろ》く、之《これ》より入る者おほし。生命にいたる門は狭く、その路は細く、之を見出す者すくなし』

アンドレ・ジッドの『狭き門』が、聖書のこの箇所《かしょ》を出典としていることは知っていたから、興味深かったのだが…ジッドの本来の性傾向《けいこう》が同性へと向かっていた、ということを何かで読んだこともあり…しかし、『狭き門』で野城との交際への入り口の狭さを連想し、「路は細く」

で、今後の二人の関係の困難さを思ってしまう、というふうで、賛美歌を歌うにつけ、バイブルを拝読するにつけ、思われるのは、野城その人のことなのだった。

うーん、こりゃ、もうビョーキかもね。

恋という名の熱病に頭をかすませながら、ぼくは第1日目の朝礼を終えたのだった。

朝礼が終わり、食事の準備が始まっても、誰《だれ》も野城のことを話題にしないので、ぼくはさりげなく立って、食堂脇のホワイト・ボードを見に行った。

よもや、まさか、…野城が昨夜外泊《がいはく》したと思いはしないのだが、念のため。

やはり、今朝の朝食の欄《らん》に「欠・野城」の文字はなく、ということは少なくとも彼は朝礼に出席の意志はあった、ということだ。

だったら寝過《ねす》ごしたのだろうか、野城は相部屋ではないし。

いやいや、係りの舎生の起こし方は半端《はんぱ》ではないので、寝過ごしはあり得ない。

ぼくは2階の野城の部屋を見に行きたくて、うずうずした。階段をちょっと上れば、そこに野城がいるはずなのに。

でも、行く気になれなかった。

遠慮《えんりょ》と気後《きおく》れとが、ぼくの足を留めてしまうのだ。

なんでだろう。

昨夜のあの互《たが》いの密着ぶりを考えれば、もうぼくらは他人ではないはずなのに。

お互いの最も私的な部分に触れ、声を至近に聞き合って…。

それなのに、このためらいはなんだろう。

そして、ぼくは気づいたのだ。

あいつは、相変わらず遠くにいる人間だってことに。

ぼくたちは体を重ねた。

しかし心を重ね合わせたわけではない。

そんな単純なことに、ようやく気づくなんて。

性的な関《かか》わりで人の絆《きずな》が生まれるなら、風俗《ふうぞく》のおねーちゃんたちは、無数の絆を持っているということになる。

そのことに思い当たると、足元からいきなりさびしい風が吹《ふ》きあげて来て、ぼくの心を震《ふる》えさせた。

濃密《のうみつ》な絆を結んだと思い込んだのは錯覚《さっかく》だったのだ。

野城の部屋のドアをノックする、たったそれだけのことが出来ないでいる自分がいる。

野城とはいまだ友だちですらないのか。

「野城が」

食堂に戻《もど》ったとたん、その声が聞こえ、ぼくは耳を澄《す》ました。

「風邪《かぜ》なんだって？」

配膳台《はいぜん》から味噌汁《みそしる》を受け取りながら、訊《き》いているのは黒沼先輩《せんぱい》だった。

ぼくは空いている席に腰《こし》を下ろした。

食事の席位置は任意だった。

「そうなんです」

と答えたのは、今朝朝礼を担当した新入生の布川《ふかわ》だった。和歌山から出て来ていて、言葉から、まだその地方のアクセントが抜けきっていない。

「いくらノックしても出てこないんで、部屋に入ったら、熱を出してうなってました」

舎監《しゃかん》の久保木さんのところへは、とっくに報告が行っていたらしく、

「計ったら、8度3分ありました。とりあえず、売薬を飲ませましたが、午後になっても熱が下がらないようだったら、病院に連れて行かねばなりませんね」

久保木さんが言うと、黒沼さんが、

「ゆうべの洗礼が原因かなあ」

と首をかしげ、

「しかし、ぬるま湯に、ちょっとつかったくらいで？　あいつスポーツマンで身体《からだ》は頑丈《がんじょう》なはずなんだけど」

するとぼくがまだ名前を覚えていない先輩が、

「洗礼が原因でダウンしたやつなんて、この寄宿舎始まって以来、聞いたことがないぞ」

　すると、ぼくの隣に腰を下ろした同室の桜井先輩が、ぼくだけに聞こえる小声で言った。

「時間外の風呂沸《ふろわ》かして暖《あった》まったんだろう?」

「はい」

　と小さな声で頷《うなず》いたぼくの脳裏《のうり》には、互いに裸《はだか》で立って、重なり合って「した」あんなことや、こんなことが駆《か》け巡《めぐ》り、ぼくは桜井さんの目を見られなかった。

「でも、お湯が温まる前につかったりなんかしたんで、逆にいけなかったかもしれません」

　ぼそぼそと言いわけした。

　バスルームから戻る時間が異常に長かったことを桜井さんには知られている。

　そこで何があったかを知るわけもないが、ぼくには桜井さんの視線が、しんどかったし…。

　あれは勢いで始まったことで、そのときは夢中で我をなくしていたが、野城を除く舎生全員が揃《そろ》った朝の食堂で野城との間にあったことを思い返すと、とんでもない破廉恥《はれんち》な背徳的なことを、ぼくたちはやらかしたんじゃないか、という気がしてきて滅入《めい》った。

　おまけに、思いがけず捕虫網《ほちゅうあみ》に捕《つかま》えたと思い込んだ野城という蝶《ちょう》は、相変わらず、遥《はる》か遠い高い彼方《かなた》に霞《かす》んでいた。

　舞《ま》い上がっていた自分を、ぼくは恥《は》じた。

　野城は今ごろ、ぼくとの出来事を後悔《こうかい》し、いや、後悔だけならまだいい、たまらない自己嫌《けん》悪《お》に陥《おちい》り、ということはその相手をした、ぼくをも憎《にく》んでいるのではないだろうか。

体をちょっと重ねただけで、それも本格的な行為《こうい》に至ったというわけですらないのに、野城を自分のものにしたかのように思い込んでうかれていた愚《おろ》かで軽薄《けいはく》な自分、最低。

幻想《げんそう》のシャボン玉、こわれて消えた。

「…どうした?」

桜井さんに訊かれ、ぼくは自分が箸《はし》を止めたまま、考え込んでいることにようやく気づいた。

「きみも、風邪を引いたんじゃないだろうね」

「あ、いいえ…」

桜井さんの澄んだ目が、つらかった。


教室での講義はきちんと聞いて、ノートも丹念《たんねん》に取った。

動揺《どうよう》ばかりしている自分に嫌気《いやけ》がさしたので、とにかくなすべきことは、整然とこなそうと、そう決心し、それは上手《うま》くいったのだが、午後からの講義が一つ休講で、ぽかんと時間が空くと考えるのは野城のことだ。

朝食は取っていなかったが、ひょっとして昼ごはんもまだなんじゃないだろうか。

熱は…。

ぼくの足は考えるより先に寄宿舎のほうへと向かっていた。

大学の文学部の建物から徒歩7分というところ。まっすぐ向かおうとしたが、思い直して、薬屋とコンビニに寄った。
寄宿舎の門をくぐって、ケヤキを見上げる。
なんだか、ぼくにとっては、大事ななつかしい樹《き》になってしまった。
初夏の陽《ひ》を弾《はじ》いて濃《こ》く輝《かがや》く緑が、今は切なく目に映る。
野城の部屋の窓は開いていたが、カーテンが閉ざされていた。
あまり考えないようにして、ぼくは2階への階段を上がった。
野城がいやな顔をしたら、それはそれでいいと覚悟《かくご》を決めている。
追い返されたら、それも甘んじて受けよう。
ノックした。
返事がない。
思いきって、ドアを細めに開け、
「野城…くん」
と呼んでみた。
まだ名前を声に出して呼ぶことに慣れていない。
応《こた》えがないので、
「入るよ」
そう、一声かけてから、室内に入る。

部屋には、その部屋特有の匂《にお》いと体温がある。

男くさい匂いが瞬時《しゅんじ》鼻孔《びこう》をかすめた。

野城は、軽い寝息《ねいき》を立てていた。

立ったまま、ぼくは野城の無防備な寝顔を見つめる。

起きているときよりも、幼くて少年っぽい顔。

いとおしさが潮《うしお》になって胸に寄せ、溢《あふ》れる。

野城の額には汗《あせ》がうかんでいる。

二段ベッドの梯子《はしご》に足をかけ、手を伸《の》ばして額に手を当ててみると、熱い。

ぼくは3階の自室に戻って取ってきた自分のタオルを水で濡《ぬ》らし、キュッと絞《しぼ》ると、野城の額から首筋の汗をぬぐい、薬局で買ってきた冷却《れいきゃく》ジェルの入ったシートを、野城の額に貼《は》った。

予期はしていたが、野城が目を開けたときは、どきり、とした。

「ごめんね、勝手に入って。でも、心配だったから」

なぜか早口で、ぼくは言う。

「おかゆ食べられるなら、キッチンで温めてくるし、果物がいいならリンゴとバナナ買ってきた。あとシャーベット、ヨーグルト、…えっと、あ、プリンも。どれがいい？」

野城は黙《だま》ってぼくを見つめた。

間がもたなくなって、ぼくは言った。

「食欲ないんだったら、デスクの上に置いとくね。シャーベットとかは、江波《えなみ》さん（賄《まかな》いのおばさんの名だ）に頼《たの》んで冷蔵庫に入れといてもらうから」

そして、ぼくはシャーベットやプリンを手に部屋を出ようとした。

「…くれよ」

野城のかすれた声がして、ぼくは振《ふ》り返った。

「え…」

「いてくれよ」

と、今度ははっきり聞こえた。

「ずっと寝《ね》てたら、滅入っちゃって。病気なんか普段《ふだん》しないんで、つれーよ」

と野城は言い、

「それにさびしかったし」

とつけ加えた。

しかし、ぼくの中にどんな悪魔《あくま》が潜《ひそ》んでいたんだろう、ぼくの口は考える間もなく勝手に動いていたのだ。

「タクシー呼んで、彼女のとこ連れていってあげようか？」

なんで、そういうことを口走ってしまったのか。

おそらく…嫉妬《しっと》の裏返し。

しまった、と思ったが、いったん発した言葉はもう元には戻《もど》せはしない。

ふわっと生まれかけていた、ある雰囲気《ふんいき》が、さっと消え果てたその事実に気がつかないふりをして、ぼくは佇《たたず》んでいた。

野城が黙っているので、

「リンゴ、むく？　なんにも食べないと力が出ないよ」

明るく言った。

野城はそれには答えず、

「寝てる間、ゆうべのこと思い出してた」

ぽつり、と言った。

「ふぅん」

としか、ぼくは答えられなかった。

「ほんとのこと言うとさ――」

「渋谷でおまえのこと見かけたときから気になってたんだ」

野城が言う。

「――」

「なんか、もろ、好みでさ。けど、野郎《やろう》を気にしてる自分がキショくて。それよか、まず、びっくりしたんだよ。そういう要素が自分の中にあるなんて思いもしなかったし。だから、おまえがここに入って来たとき、すっげー、おれ、焦《あせ》った」

　ぼくは、手にしていたリンゴを頬《ほお》に当てた。

　冷たくて気持ちがいい…。

　野城の当初のそっけなかった理由がわかった。

「で、さ。ゆうべ、おまえとあんなことになって。おれ、一晩ずっと自分が、男が好きなのかどうか考えてたんだ。だって、おれにとっちゃ一大事だからさ」

　ぼくは、リンゴを頬から離《はな》した。

「で？　結論は？」

「答えはノーだ。男なんか好きじゃねぇ。キモチワリー」

　ぼくは驚《おどろ》きも失望もしなかった。

　なぜだか、野城が次に言う言葉を察知してしまってたんだ、不思議にも。

　野城は言った。

「でも、おまえと、ああいうことやってるとき、嫌悪《けんお》感はなかった…。え、と、ぶっちゃけ、女とやってるときより、よかった…部分もある」

　ぼくは次に野城が言う言葉も、本当になぜだろう、わかってしまったんだ。

　恋《こい》は人に読心術の能力を与《あた》えるのかもしれない。

「で、あれが最後なんだよね。あれっきりで、普通の友だちになるんだね」

と、ぼくは、言った。

野城は黙っていたが、それが答えだった。

「いいよ」

と、あっさりぼくは言った。

これも、不可思議な心の動きだけど、本当にあれが最後でもいいと、心から思えたのだ。

再会だけでも奇跡《きせき》だったのに、野城とあんな形で密着するなんて、更《さら》に奇跡。

奇跡が2度連続なんて、起こりすぎ。

そして――

「感謝してる。きみを初めて見かけたときから、強烈《きょうれつ》に惹《ひ》かれちゃってて…、でも、どうにもならない相手だってあきらめてて。それが…あんな形で、思いが叶《かな》ったんだから、一度っきりで十分だよ。ありがとう。もう忘れるね。忘れた」

野城が身じろぎする気配を背後に感じながら、ドアを押した。

このドアが永遠に野城とぼくとを隔《へだ》てる境界線。

さようなら。ありがとう。

「待てよ」

と野城の声がした。

「来いよ」

野城がベッドに半身を起こしていた。

「ん？」

「来いって」

…ぼくは、二段ベッドの梯子を上った。3段を上り4段目に足をかけたとき、野城が上半身をぼくのほうに傾《かたむ》けて、…気がついたときには、ぼくの口に野城の唇《くちびる》があった。

羽毛《うもう》みたいな軽いキス。

「……なんで？」

ぼくは呆然《ぼうぜん》と訊《き》く。

「記念のキス」

と野城は言った。

「これから友だちになるための」

「こんなことされたら、友だちになんかなれない」

笑って言った…つもりだった…のだが、自分でも思いがけない涙《なみだ》が膨《ふく》れ上がり、慌《あわ》てて抑《おさ》えようとしたのだが、ぽろりと頰を伝って落ちた。

「ごめん」

と梯子《はしご》を降りかけると、梯子を摑《つか》んでいたぼくの手首を野城が押さえた。

「おまえ、なんで、そんなに可愛《かわい》いんだ」

吐息《といき》のように野城は言い、手首を摑んでいた手に力がこもり、ぼくはベッドに引き上げられていた。

野城は、機敏《きびん》に起き上がっている。

押《お》し倒《たお》された。

野城の顔が近づいた。

今度は深いキス。

「友だちになんか、なれねー、か。その通りだね」

野城は言い、ぼくが初めて見る深い眼差《まなざ》しでぼくを見下ろしている。

ぼくの両腕《りょううで》をベッドに磔《はりつけ》の形に押さえ込んで。

「のめり込むのがいややったし、こわかったから、さよなら言おうとしたんやけど、自分、可愛すぎるワ。おれのもんに、したい。おれ、男はきらいやけど、おまえは、好っきゃねん」

野城が半身をかがめ、更にもっと深い接吻《せっぷん》をぼくにくれた。

夢を見ている…とぼくは思った。

こんなことが、現実であるわけがない。

バスルームで互《たが》いの身体《からだ》をまさぐり合ったときよりも、遥《はる》かにぼくには信じられない出来事に思えた。

なぜなら…。

肉体への接触《せっしょく》は単に、性のはけ口として可能だろうが、キスは…。

それは、いくらかの愛情を相手に抱《いだ》いていなければ、不可能だろうから。

違《ちが》うだろうか?

ぼくには、わからない。

それまで、キスなんて…。

野城が顔を離した。

「しっかし、おまえ下手やなぁ、キス。経験ないのか?」

ぼくは、頷《うなず》く。

「…そっか。おれが初めてか。責任重大やな。あんなぁ、おれが舌入れるやろ、吸うんや、おまえは」

と、再度顔を近づける野城に、ぼくは言った。

「あのぅ、お願いがあるとやけど」

あっちが大阪弁なら、こっちは長崎弁だ。

「なんや」

「おでこの〝冷えピタ〟、取ってからにしてくれんね。気分が出んばいね」

野城は、あっという表情で額に手をやり、「ひぇー、お間抜《まぬ》け」と苦笑《くしょう》して、それを取ると、

「では、改めて」

とお辞儀《じぎ》して、ぼくたちは吹《ふ》き出した。

そして野城は、えっと何度目になるんだろう、ぼくは蕩《とろ》けきっていて、憶《おぼ》えてなんかいやしない、とにかく、何度目かのキスをくれたんだ。

むろん、今度はちゃんと、野城の舌を吸った。…そっか、こげんするとばいね、と感心しながら、吸い続け、野城は顔を離し、角度を変えて、また新たなキスをくれ、ぼくはまた、温かな舌を吸い。

すると、野城が口を離して笑った。

「律儀《りちぎ》なヤツやなぁ。吸え言うたら、ちゅうちゅう吸うてばっかりや」

「え、だって」

「自分もちっとは作業せんかい」

と野城は舌の使い方を教えてくれて。

それから、ぼくの舌は野城の歯の裏、口腔《こうこう》の上部、頬の裏…探索《たんさく》するのに忙《いそが》しかった。

野城の体もだが、口の中は、ぼくにとって更に未知なる地図だった。

ぼくの舌は小船になり、野城の口中の海を、ゆらゆらと漂《ただよ》う。

やがて舌を絡《から》めあうことを覚え、互いの唾液《だえき》が渾然《こんぜん》となるうち、ぼくは自然にそれを飲みこんでいた。

いったい、どのくらいの時間が経《た》ったのか。

ノック音で、ぼくたちは顔を離《はな》した。

「はい？」

野城が応《こた》えると、

「野城くん、気分どうですか？」

ぼくと野城は顔を見合わせた。

久保木さんの声だった。

「まだ具合が悪いようだったら、ドクターのところへ一緒《いっしょ》に行きましょう」

「ああ、もうだいじょうぶ、気分爽快《そうかい》です！」

野城は、けろっと明るい声でそう答えたのだった。

ぼくは久保木さんが入って来たときの用心に、タオルケットの下に隠《かく》れ、野城の足元にうずくまって息を潜《ひそ》めていた。

こんなとこ見られたら、即《そく》退舎だよ…。

久保木さんが去る気配を確かめてから、野城は敏捷《びんしょう》に梯子を降り、ドアに鍵《かぎ》をかけた。

「久保木さんみたいに紳士《しんし》的なヤツらばかりじゃないからね。ノックもなしに、ずかずか入り込んでくるのもいるから」

野城は、再び梯子を上り、ぼくを隠していたタオルケットをはいで、のしかかってきた。

おいおい、風邪《かぜ》はどこへ行った。

野城、元気過ぎ。

でも、その重たさが嬉《うれ》しくて。

顔にかかる息が幸せで。

「風邪菌《きん》、伝染《うつ》させてもらいます！」

「オッス！」

とぼくは、野城の背中に両手をまわした。

この密着度のなんという至福。

全身で感じる野城の体温、胸の鼓動《こどう》、耳元の息。

信じないかもしれないが、ぼくらはその午後一杯《いっぱい》をキスして過ごしたんだ。

いや、ときおり抱き合ったまま、あるいはときには野城の腕枕《うでまくら》で、まどろみながら、目が覚めるとどちらかがキスをして、一方が気がつくと今度は深いキスをして（数時間でぼくはキスの達人になっていた）、また、うとうととして、いつの間にか窓を初夏の夕陽《ゆうひ》が染めていた。

カーテンにケヤキの枝影《かげ》が濃《こ》くなっている。

ただ抱き合っているだけで、ぼくたちは満ち足りていた。

そして、抱擁《ほうよう》は、ときおりとても不思議な時間の感覚をぼくにもたらした。

この世の約束事で成り立っている時間の観念は消えうせて、野城といる一瞬《いっしゅん》が、永遠に連なっているかのような、遠い遠い深い感覚。

宇宙空間に二人きりで充足《じゅうそく》しながら漂っているかのような。

そんな感覚に浸《ひた》っているとき、野城がふと呟《つぶや》いたのだった。

「赤ちゃんが欲しくなるね」

ぼくも、まさしく同じことを考えていた瞬間に野城がそう言ったのだ。

常識で考えるなら、テレパシー的にお互いが同時に同じ考え——それも非日常的な——を抱くということは、驚《おどろ》くべきことであるはずなのだが、なぜなんだろう、そのとき、ぼくは自然なこととして受け容《い》れていた。

お互いの潮が満ちて間然するところなく溶《と》け合ったとき、人は——たとえ男どうしであったとしても——新たな生命の誕生を望むものなのだろうか。

ぼく自身がそれを望んでいなければ、野城のふと洩《も》らした言葉は、ぼくを傷つけたのだろうが、そう、ぼくもまさしくぼくらの愛の結晶《けっしょう》を欲しかったのだ。

なんだか、奇妙《きみょう》でめちゃくちゃな心理だけど、二人同時にそう思ったんだ。

むろん、そんなことは出来はしない。

かと言って、そのことが悲しかったり、苦しかったりするわけではなくて。

一瞬の花火のように二人の胸にうかんだある種のイメージなのであって。

それは不可能なのだ、ということをあっさりと認識《にんしき》しつつ、これほどの一体感は何かを生み出さずにはおかないだろう、という啓示《けいじ》のごときものを、ぼくらは同時に感じ合っていたのだった。

ぼくたちは、子供の代わりに何を生み出すことが出来るのだろう。

ちなみにシャーベットは溶けてジュースに変貌《へんぼう》しており、それを野城は喉《のど》を鳴らして飲み干したのだった。

「えーっ、なに、これ、んっめぇよおっ!?」

ぼくの恋人《こいびと》は、溶けたシャーベット(ピーチ味)が好みです。

閉ざしたアルバム

恋人ができたときの楽しみの一つ。

ぼくの、あなたの、知らない彼の過去のアルバムを少しずつめくっていくこと。

たとえば、ぼくの彼は赤ん坊《ぼう》の頃《ころ》に洗礼を受け、クリスチャンネームを持つ身であるが、自ら選択《せんたく》した信仰《しんこう》ではないので、いまだ自分をクリスチャンであるとは思っていないこと。

それを名乗るのは、むしろ不遜《ふそん》ではなかろうかと思っていること。

彼のクリスチャンネームを知りたかったのだが、照れて教えてくれなかった。

お母さんがクリスチャンで、お父さんの入信もそれに影響《えいきょう》を受けてだとのこと。

お母さんのクリスチャンネームは、マリア・テレジア・カタリーナ。お父さんのそれは「忘れた」。

小中高、一貫《いっかん》したキリスト教系の私立に通い、小中とサッカーをやり、高校では受験のために親にやめさせられて、その代わりお父さんが会員であるアスレチックジムには、体力健康維《い》持《じ》のため通うことが許されて、学校帰りに、ほとんど毎日泳いでいたという。

軽井沢《かるいざわ》にお祖父《じい》ちゃんの代からの別荘《べっそう》があり、冬場はそこを拠点《きょてん》にスキーに出かけていた。

現在京大に通うお兄さんは文武両道の人で幼い頃からの野城のコンプレックスの源であり、

またいつか勝ちたいライバルであったのだが、ついに「文」では叶《かな》わないことを悟《さと》り、「武」のほうで頑張《がんば》ろうと、スポーツに励《はげ》み、サッカー、水泳、スキーの他《ほか》はサーフスキーとバスケも得意ジャンル。

聞いているだけでも、運動音痴《おんち》のぼくは、頭がくらくらした。

上半身の逞《たくま》しさの割りに、足首なんかは、ひょっとしたら、野城より遥《はる》かに華奢《きやしや》で小柄《こがら》なぼくのそれより引き締《し》まって細いかもしれず、敏捷《びんしよう》さは生来のものだろう。

共有のバスルームでの秘め事以来、数日間の蜜月《みつげつ》の間に、アルバムをめくるのは楽しいことだったが、しかしアルバムが現在に近づいてくるにつれ、ぼくはいやおうなく、一つの現実に直面せざるを得なかった。

現在のアルバムの一角には、ぼくの見知らぬ大人の女性の顔がある。

その女《ひと》が単に、性の相手に過ぎないのか、それ以上なのか、ぼくは野城に聞き出せないでいた。

聞くと、うっとうしがられる気がした。

その女性の存在を考えると、ぼくが今、野城の恋人気取りでいることが、ひょっとしたら、とんでもない思い違《ちが》いの自惚《うぬぼ》れ、一人芝居《しばい》なのかもしれない、と落ち込んでしまう。

翌日に対チュニジア戦を控《ひか》えたある晩のことだった。

桜井さんが、疲《つか》れているからと早めにベッドに入り、ぼくは部屋の明かりをつけることを遠《えん》慮《りょ》して、食堂のテレビを見てたりしたのだが、集会室、ロビー共に共有部分の消灯《しょうとう》は11時であり、間がもたなくなって自室に引き上げ、すでに寝《ね》入っている桜井さんを起こさぬように、ベッドに入ったのだった。

揺《ゆ》り動かされて目をさました。

寝入りばなで、ぼんやりしていたし、暗がりだったので、揺り動かしたのが誰《だれ》であるかわからなかった。

「うぅ…」

と、半ば無意識に寝返りして、その人物に背を向けた。

「おれだよ」

耳元で囁《ささや》かれ、ようやく意識がややクリアになった。

柊《シュー》だった。

いや、実際にはまだぼくは野城と呼んでいたのだが、気持ちの上ではシューだった。ぼくのこともトモヤとかトモとか名前で呼びかけて欲しかったのだが、野城も相変わらず内田、と姓《せい》で呼んでいた。

「野城?…。どうしたんだよ」

思わず声を出すと、

「しっ」

と野城は押し殺した声でいい、…あ、そうだった、上段では桜井さんが寝てるんだった。

野城は、ぼくの横に体を滑《すべ》り込ませた。

え、ちょっ…、ちょっと、まずいんでないの⁉

ぼくたちは、あのキス以来、接触《せっしょく》を持っていない。

朝礼の席でも、目すら合わせてはいなかった。

ギシリ、とベッドをきしませて、野城が半身を起こし、覆《おお》いかぶさってきた。

口を吸われた。

あれぇ、やばいっすよー。

嬉《うれ》しいけど。

足に堅《かた》い感触《かんしょく》がコリッと触《ふ》れる。

え、いきなり勃《た》ってる…⁉

半勃ちとかそういうんじゃなく、臍《へそ》までつきそうな、完熟勃起《ぼっき》。は、は。

ぼくは野城の耳に口を寄せた。

「だめだよぉ…」

すると野城は、

「ギンギンになってて、眠《ねむ》れねぇんだよ!」

だからって、

「え、こんなとこで!?」

野城は、ぼくの腿《もも》に堅くしこったものを、ぐりぐり押しつけてきて、パジャマの布越《ご》しなんだけど、きっと、もう先走りでパンツ濡《ぬ》らしちゃってる。

野城はぼくの手を、パジャマの中に滑り込ませて、つかませた。

やっぱり、もう、先端《せんたん》は、グジュグジュになってる。

ぼくのも素早《すばや》く起《た》ち上がっていた。

野城は、横たわったまま、もぞもぞと、パジャマのズボンをボクサーパンツごと、窮屈《きゅうくつ》そうに(何しろベッドは通常のシングルの大きさもない)ずり下げると、ぼくのショートパンツも脱《ぬ》がしにかかり、ぼくは、

「だめだよ…」

と、呟《つぶや》きながら抵抗《ていこう》し、すると野城は短パンのジッパーを下ろして、ぼくのを引きずり出した。

「ほら、おまえも、グチャグチャに濡れてるじゃん」

野城に熱い息を首筋に吹《ふ》きかけられて、もうどうでもいいやという気分になってくる。

でも、自ら積極的に動くほど大胆《だいたん》にはなれない。

息をひそめて横たわっていると、野城は自分の茎《くき》を右手で押さえ、亀頭《グランス》をぼくのそれに押しつけてきた。

自らの茎を右手で、ぼくのを左手で支え、お互《たが》いの先端を密着させて、時計回りに何度か回し、今度は逆方向へ、クリクリと回す。

「んッ…⁉」

ぼくは思わず声を洩《も》らしていた。

互いの器官が相手の快楽を呼び覚まし、一方の愉悦《ゆえつ》が、そのまま相手の悦楽でもあった。

野城とぼく、滲《し》み出させた潤滑《じゅんかつ》液が混ざり合い、クチュクチュと隠微《いんぴ》な音を立てながら、快美感は背中から脳天へ向けて突《つ》っ走る。

「う、あっ…」

自分の手のひらでぼくは自らの口をふさぎ、更《さら》に歯を食いしばる。

どう、堪《こら》えても声が洩れる。

ギシッ。

ベッドがきしみ、野城とぼくは、はっと動きを止めた。

きしんだのは上段の桜井さんのベッドだ。

野城もぼくも息を殺して上段の気配をうかがった。

…なにか意味不明の声が聞こえ、ぼくの心臓は凍《こお》りついた。

気づかれた⁉

どうしよう⁉

だが、やがて声は寝息に変わった。

ほうっと息を吐《は》いたぼくに、

「…おれの部屋に行こうよ」

野城が囁く。

しかし、足音を忍《しの》ばせて2階の野城の居室を訪《おとず》れたとき、ぼくはすっかりその気をなくしていた。

野城は図太い。

ぼくたちが、どんなにリスキーな行為《こうい》に走っていたか、それをわからぬではないだろうに、けろっとした顔をしている。

他の寄宿舎であっても、舎生どうしが舎内でHを——男どうしで——していた、などということはスキャンダルもいいところ、まして、ここは…。

今朝バイブルをめくっていたその手で、男の性器に触れていただなんて。

雄《おす》同士が互いの生殖器《せいしょくき》の先端をなすりつけ合って、よがっていただなんて。

笑われるかもしれないが、この期《ご》に及《およ》んで何を言ってると、小突かれそうだが…しかし、ぼくは基本的にモラリストなのだった。

いや、道徳家であるというよりも、地方役人である父の、小心な律儀《りちぎ》さのDNAをぼくも受《う》け継《つ》いでいるだけのことかもしれない。

鍵《かぎ》をかける間ももどかしく野城はパジャマのパンツを下着ごと脱ぎ捨てて床《ゆか》に放り投げ、二段ベッドの梯子《はしご》を素早く上って、仰向《あおむ》けになった。

パジャマの上は着たままで、露出《ろしゅつ》した下半身で野城の茎は早くも猛《たけ》り立って、くっきりと天《てん》井《じょう》を指している。

「ん、どした？　来いよ」

野城の声は欲望を滲《にじ》ませて、かすれていた。

「…ごめん。なんか、その気になれない」

すると、野城は、えっ？　と露骨《ろこつ》に眉《まゆ》をひそめた。

「なに言ってんだよ。これ、どうしてくれるんだよ！」

と、うかした尻《しり》を振《ふ》って、茎をゆらん、ゆらん、動かして見せた。

でも、ぼくは笑えなかった。

「自分でやって…」

野城が半身を起こした。

「なんだよ、それ。ここまで来といて、もったいぶるなよ」

「そうじゃなくて…」

「来いよ！」

野城の口調は命令的だった。

ぼくは、むっとなって、

「したくないって言っただろ？　聞こえなかった？」

前にも言ったが、ぼくは意外に気が短い。…いや、それも小心者の証拠《しょうこ》かもしれないのだが。

ぼくの口調の激しさに野城は一瞬《いっしゅん》黙《だま》ったが、

「頼《たの》むよー。ちょっと触《さわ》ってくれたら、あとは自分でやるから」

…ぼくは、のろのろと梯子を上がった。

野城のそこに触れる。

野城は目を閉ざし、唸《うな》った。

「やっぱ、やわらけー！　女の手みてぇ」

ぼくは着衣のまま、野城に奉仕《ほうし》するために顔を傾《かたむ》けた。

野城を口に含《ふく》む。

むろん、嫌《きら》いな相手ではない。

野城が歓《よろこ》ぶなら、なんでもしたかった。

「あれ以来、…マスも…かいて…ねえんだよ」

野城が、快感の波に耐《た》えながら、きれぎれに言う。

あれ以来というのは、バスルーム以来という意味だろう。

二度目に抱《だ》き合ったときは、キスだけで行為には至ってない。

野城の息は短時間に切迫《せっぱく》してきた。

よほど、溜《た》まっていたのだろう。

「い、く…」

低く唸ると、両手を首のところに防御《ガード》の形に置いた。

液が顔に飛ぶのを避けるためだろう。

ぼくも経験があるので、わかる。

ぼくには顔までの発射力はなく、首のつけ根までだが。

数日、禁欲したあとの自慰《じい》では、そこまで飛ぶ。

中学生のときは、もっと飛んだ。

野城は、押し寄せて来る快感の波に耐えながら、眉根を寄せている。

野城の茎の先端は平常時も露出していて、下着とこすれ合う刺激《しげき》に慣れているせいか、野城が高みに駆《か》け上って到達《とうたつ》するまでの時間が、ぼくより、うんと長い。

「出るッ!!」

野城は小さく叫《さけ》んだが、ぼくは口を外さなかった。

ドビュッ、という擬声《オーマトペ》がこの場合ふさわしいだろう。

ドビュッ、ビュッ、ビュッ…始めの、ひときわ濃《こ》い、多い液を皮切りに、複数回、野城はぼくの口の中に、はじけさせ、溢《あふ》れさせた。

トクン。

ぼくの喉笛《のどぶえ》が上下して、そのツンと刺激臭《しげきしゅう》のある乳白色の液体を嚥下《えんげ》していた。

今まで味わったどんなスパイスにも似ていない、不思議なきつい味わいと、溶《と》かして煮詰《につ》めた片栗粉《かたくりこ》のような感触《かんしょく》とが口腔《こうこう》と舌に残った。

瞬時、野城は虚脱《きょだつ》していたが、やがて、

「飲んじゃったのか？」

と目を見張った。

「なんで…」

と呆《あき》れている。

きみと一体になりたかったから。

その言葉を、ぼくは口には出さない。

言葉にしなくても、ぼくがその行為に込めたメッセージを受け止めて欲しかったのだ。

やすやすと飲み干したわけではない。

抵抗感《ていこう》は、そりゃあ、あった。そして抵抗感を抱いている自分が許せなかった。

惚《ほ》れた男の体液ぐらい、飲み干してやる。

――後で分析《ぶんせき》すれば――だけど、飲むことを決意した自分の心理というものは以上のようなことであったと思う。

射精の直後の男の表情というのは、自分も例外ではないけれど、しどけない。

野城も、いつものきりっと緊張感《きんちょうかん》のある顔ではなく、ぼうっと焦点《しょうてん》の定かではない目で、全身を弛緩《しかん》させていた。

野城のそんな状態への理解がないわけではなかったのだが、よもや野城がぼくを置き去りに、さっさと寝《ね》てしまうとは思ってもみなかったんだ。

ふあ、と野城はかるいアクビをして、

「あー、さっぱりした。じゃな、おやすみ」

あっさり背を向けた野城に、ぼくは言葉をなくしていた。

ぼくは？　おい、野城よ、きみが火をつけたぼくの欲望はどうでもいいの!?

「あのさぁ、明かり消しといて」

眠《ねむ》たげな声音《こわね》で野城は、そう言った。

ぼくは、怒《いか》りと絶望、そして悲しみのごっちゃになった感情を持て余しながら、二段ベッドの梯子を降りたのだった。

まっすぐ部屋に戻《もど》る気にはなれず、屋上へ出た。

誰《だれ》かが、取りこみ忘れた洗濯《せんたく》物が、夜風に白く翻《ひるがえ》っている。

目からこぼれ出ようとするものをせきとめようと見上げた夜空には、雲が重なり合っていて、弱々しい星が三つ、四つ。

野城よ、ぼくは一体、きみの何なんだ。

単なる性処理の道具なのか。

無料《ただ》の娼婦《しょうふ》なのか。

ぼくは野城が、ことの最中《さいちゅう》に目を閉《と》ざしたきり、一度もぼくを見てはいなかったことを感じていた。

野城はぼくに奉仕させながら、頭の中では女性の体を抱いていたというのか。

「やわらけー！　女の手みてぇ」

と野城の言葉を思い出していた。

また、バスルームの出来事のときも、ぼくの男の器官が目に入ると萎《な》えるから、と後ろ向きにしてしまった、野城。

そっか…。

そうなのか、野城。

ぼくは、女の代用品、性の処理機なんだね…。

さよなら、野城。

もう、二度ときみには触《ふ》れない。

きみも、無理に触れてくれなくていい。

いまだ、こんなにも、きみを恋《こい》しているけれど、奴隷《どれい》にはならない。
ありがとう、さよなら、野城。
ぼくは、もうきみのイニシャルを記したアルバムは、めくらない。
手すりにもたれて見下ろすと、ケヤキの葉群れが黒々と、ざわめいていた。

ぼくたちのキックオフ!

野城に別れを告げたのは心の中だけで、彼に面と向かってそう言ったわけではない。

考えてみれば、「別れ話」を切り出すのも、お間抜《まぬ》けなぐらい、ぼくらの絆《きずな》ってあっけないものだったんだ。

ぼくが遠ざかれば、いつしか立ち消えになる程度の関係。

眠れない一夜を過ごした翌朝、バイブルと賛美歌とを手に階段を下りていると、ちょうど部屋から現われた野城と目が合ってしまった。

ぼくらは、人前ではむしろ冷淡《れいたん》なぐらいに距離《きょり》を置いていたのだけれど、そのときは、たまたま人目がなく、野城は照れたような笑顔《えがお》で、ぼくに向かって、手を上げた。

ぼくは、無表情に視線を外し、そのまま階段を降りた。

朝礼の間、野城の視線を感じたが、ぼくは彼に視線を向けなかった。

食事のときは、うっかり目を合わせ、野城の「なんで?」という表情に気づいたが、ぼくは、ぷいとそっぽを向いた。

ぼくの中に潜《ひそ》む女っぽい部分を自己嫌悪《けんお》と共に自覚するのがこんなときだ。

さっぱりと、ふっきれない。

淡々と振舞《ふるま》おうと自分に言い聞かせながら、湿《しめ》った反応を見せてしまう。

これは女っぽさというより、人としての未成熟な部分かもしれない。

そう思うと、なおさら自分が嫌《きら》いになるのだが、自分にこんな気持ちを味合わせる野城が、ますます許せなくもなってくる。

食事を終えて、教科書を揃《そろ》えているとき、ドアにノックが鳴った。

野城か、と身構えたらやはり、そうだった。

「おじゃまします」

と言ったのは、ぼくにではなく、同室の桜井先輩《せんぱい》にだった。

ぼくは、むっつりと一度揃えた教科書をまた意味もなく揃えなおしたりして、野城のほうは見ない。

しかし困った。

あまり無視していては、桜井さんが変に思う。

かといって、いま野城と言葉を交《か》わしたくはない。

だが、桜井さんは楽譜《がくふ》を手に部屋を出て行ってしまった。

これから集会室でチェロの練習をするらしい。

桜井さんに続いて廊下《ろうか》に出ようとしたぼくの肩《かた》を野城が押さえた。

「待てよ」

「……」

「なんで？」

前後の言葉を省いて、野城が言った。

ぼくは背中を向けたまま、

「きみの、セックス処理機にはなりたくないんだよね」

言うつもりもなかったことを、言ってしまっていた。

「なんだよ、それ」

野城が聞きとがめる。

いったん、口に出したのだから、今更《いまさら》自制しても意味がない。

ぼくは続けた。

「溜《た》まって、しんどかったら、自分でやるか、彼女のとこへ行けば？　風俗《ふうぞく》だってあるでしょ」

何か言いかけた野城を遮《さえぎ》って、ぼくは言い募《つの》る。

「ぼくは、カネのかからないソープのネーチャン？　でも、もう、そんなの、いやだから。彼女と二股《ふたまた》かけられて、ぼくは当然二番手で、彼女とやれないときの、便利やさんなんだね。お断りします。

じゃ、そういうわけで。さようなら。二度と、ぼくに近づかないでください！」

「ちょっ!?　おい、待てよ、内田！」

追って来る野城を振《ふ》り切って、ぼくは階段を走り降り、モップを持った寮母《りょうぼ》の江波さんと危《あや》うく、ぶつかるところだった。

江波さんの手前、野城も追ってくるのは、あきらめたようだ。

野城とは口をきかず、目も合わせない数日間が過ぎて。

野城が…ぼくもいつしか、待ち望んでいた…その日が来た。

6月14日金曜日。

対チュニジア戦。

野城の姿は朝礼になかった。

野城はその前日に大阪に帰省したのだ。

実家に帰るのが目的ではない。ワールドカップだ。

対チュニジア戦の会場が長居スタジアムで、野城は帰省を口実に大阪へ向かったのだ。

「よくチュニジア戦のチケット取れたよなぁ」

と、その日の朝食でも大阪に飛んだ野城の噂《うわさ》が出た。

聞きたくもなかったが、耳に入って来る。

「いや、野城くんは会場で、直接手に入れる気でいるらしいですよ」

「ああ、ダフ屋か。しかし、高いだろう」

「一生に一度のことだから、どうしても見るんだって張り切ってましたけど」

その話なら、ぼくは野城から直接聞かされていた。

TICKET WANTED と大書したポスターを掲《かか》げて会場周辺を歩き回っていると、ダフ屋のほうから声をかけてくるというのだ。

できれば安いカテゴリー3のチケットを狙《ねら》いたいが、不可能ならカテゴリー1の高い場所でもいいと言う。

値段の問題じゃないんだよ！　と目を輝《かがや》かせている野城の熱気に巻き込まれるようにして、ぼくも対チュニジア戦を、それは楽しみにしていたのだ。

惚《ほ》れた男の色に染まるのが女のさがってもんでしょ、…って、違《ちが》うでしょ！

とにかく、サッカーなんて、もうどうでもいい。

サッカーなんかこの世から消えちまえ。

ワールドカップがなんだっていうんだ！

ぼくは「長崎市立赤町幼稚園《ようちえん》イルカ組」で覚えたイロハガルタを思い出した。

『坊主《ぼうず》憎《にく》けりゃ袈裟《けさ》まで憎し』

しかし、今まで改めて考えたこともなかったんだけど、赤町幼稚園の柳井《やない》園長先生はユニークな園長として、地元のテレビに出るような人だったんだけど、なんで未就学児童を日本古来の難しい格言ガルタなんかで遊ばせたんだろう。

「破《わ》れ鍋《なべ》に綴《と》じ蓋《ぶた》」

なんて、当時はなんのこっちゃ。

意味なんてわかりゃしないのに。

「破れ鍋」は「我、鍋」、「綴じ」は「閉じ」、「蓋」は、中学に上がるまで、「豚《ぶた》」だと思い込んでいて、「我、鍋」に「閉じ豚」ってなんだろうって、首をひねってた。

しかし…。

18歳、『番茶も出花』の初夏に、いきなり、ここぞというときに、適切な諺《ことわざ》を思いついたりするわけだから、園長先生の深謀遠慮《しんぼうえんりょ》は功を奏したわけだ。

ひょっとして、ぼくのボキャブラリーが漢字を含《ふく》めて、結構豊富なのは柳井園長先生のお蔭《かげ》かもしれないではないか。

うぅむ、教育の奥は深いぞ。

って、んなこと、ゆってる場合じゃなくって。

『覆水《ふくすい》、盆《ぼん》に返らず』

野城に啖呵《たんか》を切った直後は、気持ちも昂揚《こうよう》していて、背筋をぴんと伸《の》ばして、足取りも強く蹴立《けた》てるように文学部の校舎に向かったのだが…。

いつの間にか、背を丸め、足取りはとぼとぼ。

失ったものの大きさが、徐々《じょじょ》に徐々に、じんわりと実感されてくるのだった。

夜になれば、明日になれば、もっと、ずしりと心を塞《ふさ》ぐのだろう。

ひと月、一年、一生、取り返しのつかない喪失《そうしつ》を嘆《なげ》いて暮らすのだろう。

その日の1時限目は皮肉にも「心理学」。

講義内容は「失恋者《しつれん》の自殺衝動《しょうどう》への考察」だった、…というのは嘘《うそ》。

別れたばかりのあいつのことで頭が一杯《いっぱい》、教授の声は耳を素通《すどお》りして、あとで誰《だれ》かにノートを貸してもらうしかなさそうだ。

別れは自分から言い出したのに、実感としては「棄《す》てられた」感じ。

惨《みじ》め。悲しい。くやしい。うらめしい。

今、ぼくの近くにいたら、とっても健康的かも。マイナス思考で充満《じゅうまん》してて、マイナスイオンを辺りにばらまいてるから。ってジョーク言っても、おかしくもないや、くそっ。

野城は、今ごろ大阪で、頰《ほお》に日の丸のペインティングなんかして、いそいそと早目に会場に向かったりなんかしてるんだろう。

今夜のゲームも、さぞかし湧《わ》かせてくれるんだろうな。

野城というサッカー小僧《こぞう》の恋人《こいびと》を失った今となっちゃ、かんけーないけど。

野城に解説してもらったり、観戦の感想・評論を聞く楽しみも、もうなくなってしまったし。

はぁ…。

しかし、思いもかけないドラマが展開するのはワールドカップだけではなくて。

人生も驚《おどろ》くべき劇的展開を、ときに用意しているのだった。

「AMAZING THAILAND（心震《ふる》えるような驚きに満ちたタイ国＝内田友也・意訳）」ってのは、タイ観光局のキャッチコピーだけど、その日の午後、ぼくの身の上に起こった出来事は、まさにAMAZING LOVEとでも表現したいほどの。

食欲もなかったので、大学構内のカフェテラスのアセロラドリンクを昼食の代用にして、午後の講義に出た。

その講義で、教授が重要参考書として上げた書物を探しに、大学から連なる通りに両脇《りょうわき》に並ぶ古書店を探索《たんさく》しに歩いているときだった。

野城の姿を見た。

大阪にいるはずの野城がいた。

交差点で、野城は女性と親しげに肩を並べていた。

亜麻色《あまいろ》ってのがライトブラウンだって知ったのは最近街に流れ始めた歌のおかげだけど、その女性の髪《かみ》色が、それだった。

顔は、UVカットの黒いレース傘《がさ》に見え隠《かく》れして定かではない。

脚《あし》とヒップにぴたっとくっついた白いパンツに淡《あわ》いピンクのチェックのブラウス。

ぼくは、後じさりするように、古書店の書棚《しょだな》の陰《かげ》に身を隠していた。

ミュールをはいた女性の素足の白さ。

ぼくは、自分のローファーに〝くるぶし〟（あの短いソックスね）という足元を見下ろして、惨めだった。

信号が青になった。

野城とその女性は、何か語り合いながら歩き始めた。

野城の長い脚の歩調がどうしても、女性より先に進み、そのつど女性が小走りに追う。

女性がなぜか立ち止まり、それに気づいた野城が振り返り、何か言った。

佇《たたず》んだままの女性のところへ、野城が戻《もど》って、喋《しゃべ》っている。

すると、訴《うった》えるように野城を見上げた一瞬《いっしゅん》、その女性の顔が見えた。

野城よりは明らかに年上だった。

あれが、野城の彼女なんだ…。

ヒールの分を差し引いて、背はぼくより、ちょっと低い程度だから、女性としては相当長身の部類。

のっぽの野城と肩《かた》を並べていても、ちぐはぐな印象は受けないのが、くやしい。

…まぁ、顔はきれいでなくもなく、だけどとりわけ魅力《みりょく》的というレベルではなく、やりたい盛りの男の子が夢中になりそうな、わかりやすい顔立ちっていうか、チープな目鼻立ちで、むろん胸はホルスタイン並みに下品にせりあがっていて、おじさん用週刊誌のグラビアに、口を半開きに今にもフェラしそうなしどけなさで、ヘアごと写ってるような女。

……って、やめよう。

ぼくは、故意に悪意の色眼鏡《めがね》で野城の彼女を描写《びょうしゃ》している。

つとめて公平に述べるなら、彼女は、かなり上ランクのキュート系で、脚もきれい。

胸はちょっと、でかすぎると思うけど、余計なお世話ってもんだよね。

ああ、野城は、ぼくの、何にも飾《かざ》りのない胸と、あの豊饒《ほうじょう》な胸とを較《くら》べていたのか、と思うと、ずーんと惨めの淵《ふち》へ急降下していきそう。

立ち止まって野城に何か語りかけていた女性が、野城に背を向けて来た道を急ぎ足で戻り始めた。

あれれ!? おい、危ないよ、信号、もう黄色になってるよ。もうじき赤になるって。

と、ぼくがつい思ったことを、たぶん野城は口にしながら、女性を追いかけて行く。

なんなんだろう……。

かんけーないけど。

騒《さわ》がしく鳴り始めたクラクションに追い立てられるように野城と女性は、今来た道を戻り始め、やがて人波にまぎれて消えた。

そして、ぼくは次の講義を受講するために文学部の校舎に戻った。

構内に足を踏《ふ》み入れる寸前に、参考文献《ぶんけん》を手に入れそこなったことに気づいた。

それまで念頭にもうかばなかったのだから、野城と彼女の姿を目撃《もくげき》したことが、相当こたえていたのだろう。

情けない。

ぼくは歯を食いしばるようにして、第二外国語であるフランス語の授業を受けたのだった。

耳を澄《す》まし、ノートも細大漏《さいだいも》らさず、きちんと取りながら。

それは、ぼくの意地でありプライドだった。

授業をきちんと受けたことで、自分を立て直したぼくが昂然《こうぜん》と教室を出ようとしているときに、同じクラスの柏木《かしわぎ》に呼び止められた。

「あのさぁ、内田、今夜空いてねぇ？〝××女《じょ》〟（某《ぼう》女子短大の名だ）の子たちと合コンなんだけど、こっち側一人、欠員が出ちゃって。サッカー中継《ちゆうけい》見るほうがいいなんて、今日急に言い出しちゃってさぁ」

ぼくは断ろうとして、だが…、

「いいよ」

と言ってしまっていた。

今のぼくには、荒療治《あらりようじ》が必要だった。

興味もない女の子たちを相手に、精一杯サービスして、それから…。

それから？　どうするかわからないけど。

仲のいいガールフレンドは長崎にいるし、幼馴染《おさななじみ》だっている。

けど、それは、どちらかというと「同性」としての気安い付き合いで、合コンというごとき、はっきり互《たが》いを異性として意識する場にぼくは、まだ出たことがない。

たぶん、つらい場になりそうだが、自分を苛《いじ》めることで、野城を忘れたかった。

場合によったら、酒の勢いを借りて女の子とどっかへ行っちゃってもいい。

まだ月半ばで、ホテルで短時間過ごす程度の小遣《こづか》いなら（レストってやつが幾《いく》らなのか知らないけど）、たぶんある。

女の子とだって、おそらく可能だと思う。ぼくにも、男の生理は備わっているのだから。

…たぶん、ぼくは野城に復讐《ふくしゅう》したかったんだと、思う。

ぼくという、まだ人の足跡《あしあと》のついてない雪に、幾つも幾つも、くっきりと足跡を残して去った野城。

このまま一生、野城の足跡を大事に抱《だ》いて終わったりなんかしてやるもんか。

もし柏木に声をかけられなかったら、ひょっとしてぼくは2丁目に走って、声をかけてくる誰とでも寝《ね》たかもしれなかった。

なんだか、気持ちが荒《あ》れている。

自分で好きになれない自分が、そこにいた。

「じゃ、あとで場所、携帯《けいたい》にメール打っとくな」

校門で柏木と別れた、とたんだった。

肩を叩《たた》かれ、なにげなく振《ふ》り返ると、野城が立っていた。

「待ってたんだ。話がある」

「ぼくには、ない」

言い捨てて、ぼくは早足で歩き始めた。

でも、野城の脚のほうが長いから、すぐ追いつかれた。

「ちょっとでいいよ、時間作ってくれや」

「悪いけど、忙《いそが》しいんだよね」

「授業この後、もうねえじゃん」

ぼくと野城はお互いの時間割を交換《こうかん》し合っていたのだった。

授業の合間に、大学の構内でデートしようということになっていた。

野城は経済学部で、校舎は文学部からちょっと離《はな》れた場所にあり、その中間点にあるファミレスが逢引《あいびき》の場所、だということになっていたが、一度も実現せずに突然《とつぜん》に終わってしまった。

「授業はないけど、今夜〝××女《じょ》〟の子たちと合コンなんだよね。髪、ちょっと伸《の》びすぎてるから切っときたいし」

野城とは目を合わせないようにしてそう言うと、

「合コン!?」

野城が素《す》っ頓狂《とんきょう》な声で言う。

「合コンぐらいするよ、ぼくだって男なんだから」

「じゃなくて！　今夜は対チュニジア戦だよ！　そんなときに合コン⁉」

ああ、野城が驚《おどろ》いたのはそっちのほうか。

この期《ご》に及《およ》んでサッカー小僧《こぞう》なやつめ。

「世の中、全部がワールドカップに熱狂してるわけじゃないんだから」

ここぞとばかり、ぼくは意地悪になっていた。

「ぼくみたいに、ワールドカップなんて、世の中うるさくなって、うぜーと思ってる連中だっているってこと」

野城が黙《だま》ってしまったので、思わずぼくは顔を見てしまった。

かなり、さびしそうな顔。

「…楽しみにしてたじゃないか」

そりゃあ、野城、きみというワールドカップに夢中な男がいたからさ。でも、もう関係ないね。

心の中で吐《は》き捨《す》てて、ぼくは野城に背を向けた。

「彼女とは別れた」

ぼくは足を止めた。

野城の言葉の意味を摑《つか》みかねている。

「おまえに、言われたことがこたえたんで、ゆうべ、じっくり自分の気持ちを自分で確かめてみたんだよな。おまえと彼女、突《つ》き詰《つ》めてどっち取るんだろうって、さ」

呆然《ぼうぜん》と立ち尽《つ》くしているぼくに、先を急ぐ誰かの体がぶつかり、それでも、ぼくはその場に佇《たたず》んだまま、動けないでいる。

野城が黙って先に立って歩き始め、ぼくはそれに続いた。

ついて来いとも何とも言わなかったけれど、野城の雰囲気《ふんいき》に有無《うむ》を言わせぬ迫力《はくりょく》があった。

ぼくらは、石段を上り、上りつめると、そこは神社だった。

境内《けいだい》には人影《ひとかげ》もなく、初夏の陽射《ひざ》しがしんと照りつけているばかりだ。

ぼくらはクスノキの木蔭《こかげ》に佇んだ。

「大阪へ帰ったんだと思ってた…」

そうぼくが言うと野城は、

「羽田まで行きかけたんだけど、おまえのことが気になって、浜松町《はままつ》から引き返した」

浜松町は、空港までのモノレールの始発着駅だ。

「まんま大阪に行ったら、おまえとは、これっきりだなって思った」

そして囁《ささや》くようなトーンの関西弁になった。

「それだけは絶対、絶対、いややってん」

「…大阪で、本物の試合見るのあんなに楽しみにしてたのに」

「ああ。けど、」

と野城は、日焼けした顔をそれとわかるほどに赤らめて、

「おまえのほうが大切や。おまえを、なくすんやったらワールドカップなんか、道頓堀《どうとんぼり》に浮いたごみや」

一気にそう言い、こほんと空咳《からぜき》をした。

ふん、野城、こりゃ相当照れているぞ。

あは、あは、…あ、…は。

うっ…。いけない、止まれ、涙《なみだ》。

「おまえ、よう泣くやっちゃなぁ」

と野城は、ポケットに手を突っ込んだが、

「あれ、ハンカチ持ってねえや」

…んもう、いいシーンなのに、なんで。しょうがないから、自分のハンカチで拭《ふ》くけど。

が、ぼくがポケットに手を入れるより先に、野城の指先が、つと伸びてぼくの涙をぬぐいとっていた。

涙を拭いてくれる相手がいるということのなんという幸せ。

なんという安らぎ。

風が立ち、頭上に差し交《か》わす木々の葉群れをそよがせて、涼《すず》やかに吹《ふ》き渡《わた》る。

ぼくは野城に引き寄せられていた。

「ちょっ!? 人に見られるよ!」

「いいよ、見られても」

と、野城はぼくの顎《あご》に手をかけて仰向《あおむ》かせ、ぼくは爪先《つまさき》立ち、野城はうつむく。

目を閉ざした野城の顔が近づいて来る。

ぼくも閉ざした。

人はキスするとき、なんで目をつむるのかな。

頭の奥が、しぃんと静まり返るような、落ち着いたキスだった。

野城がとても大人の男に思えた。

ぼくらは、どちらからともなく離れた。

「ゆうべは、どこにいたの…」

気になっていたことを聞いた。

「彼女のところ」

「……」

「誤解するなよな。別れ話をして、それから色々話し合ってた。納得《なっとく》してもらうまで、一晩かかった」

「…今日、駅行きのバス通りの信号んとこで、きみと彼女らしい人、見かけたけど」

「え。ああ、あれか。見てたのか、そうか。最後に寄宿舎まで見送りたいって、あいつが言うから…」

あいつ。年上の彼女をそう呼ぶ野城が、なお成熟した男に見えて、ドキドキする。

「でも、つらいから、やっぱやめるって、彼女引き返したんだけど、心配だから、追いかけてその後、もうちょっと一緒《いっしょ》にいた」

「…そう」

ぼくには、その女性のつらさがわかる。

つい、今しがたまで、それはぼくの立場だったからだ。

恋《こい》って、残酷《ざんこく》だな。

シーソーの一方が上がれば、一方は落ちる。

想《おも》う人に想われることのほうがレアだし、お互《たが》いが想いあう幸運に恵《めぐ》まれても、一方に新しい相手が現れればそれきりだし。

ぼくはさしずめ、今のところ恋の勝者なんだろうが、おごる気持ちはなかった。

ぼくは一人の女性の苦しみと引き換《か》えに野城という男を手に入れたのだ。

粛然《しゅくぜん》と、この気持ち、一生忘れまい。

野城と彼女は、野城が信望学舎に入舎したその翌日に、駅の近くのコンビニで知り合ったそうだ。

現在、27歳。派遣《はけん》会社に所属していて、あちこちのオフィスを渡り歩いているという。

「彼女にはなんて言って別れたの？」

「他《ほか》に好きなやつが出来た、ごめん、って」

はぁ、単刀直入。野城らしいや…。

「どこの誰《だれ》かって、訊《き》かれなかった？」

「訊かれた」

「なんて答えたの？」

「同じ寮《りょう》にいる同学年の子」

「…はい？　…え、ひょっとして相手がぼく、――男だってこと喋《しゃべ》っちゃった!?」

「うん」

言葉をなくした。

えっ、え――――――――――っ!?

「別れ際には正直でいたかった。それがマナーでしょ」

「あ…」

はぁ……。

「そしたら彼女、なんて？」

「バカにすんなって、クッション投げつけられた。次にアヒルかガチョウかなんかの絵のティーカップが飛んで来た」

なんで、アヒルとガチョーや。

「最初は別れる口実に、適当なこと言ってると思ったらしいけど、そのうちようやく本当だってわかったみたいで、あんたがホモでも、あたしが立ち直らせてみせるって」

立ち直らせる？　はぁ…。

これって非行とか犯罪かな。

魂《たましい》の深い所から湧《わ》き上がってくる真情なんだけどな。

「おれ、怒《おこ》ったんだよね。いや、怒れる立場じゃないんだけど、…おまえとのこと、頭から否定するみたいな言い方するからさ。

初めて、自分より大切だと思える相手に巡《めぐ》り会《あ》ったんだ、男とか女とかかんけーねえだろ、って言ってやったら、それがきいたみたいだな…。やっと納得してくれたんだ」

さやさやと頭上で葉のそよぐ音がする。

ぼくは、言った。

「ぼくで、いいのかな」

野城は、

「ああ」

きっぱりと頷《うなず》いて、

「おれでいいのかな」

訊き返してきたので、

「はい」

と答えた。

「おれ、けっこうわがままだけど。自分だけ、気持ちよくなったら、さっさと寝《ね》ちゃうようなヤツだけど、今後気をつけるから」

真面目《まじめ》に言うので、ぼくは吹き出してしまった。

「わがままはいいけど、よそで遊ばれるのは、いやだなぁ。ぼく、自分の新たな性格発見したんだけど、けっこう嫉妬《しっと》深いかもしんない」

「うん、いいよ」

と野城は頷いて、

「他の子たちにもメールやら電話で、別れ話済ませたし」

「はぁ!?」

え、なに、それ。他の…子たち？

「え、うんまぁ、大阪とこっちと、適当にいてるやん」

いてるやん、って知らんがなっ！

「けど、電話とメールで切れる程度の付き合いだから、ってか、一、二度、Hしただけの。そんなんやから、大らかに見てちょうだい…痛《つ》ッ!…コラ、なにも蹴《け》り入れることっ」

携帯《けいたい》が鳴った。

あ、柏木からだよ。

コンパの会場をメールで打って来てる。

「断らなくっちゃ」

呟《つぶや》きながら返信メール打ってたら、野城が、

「おれ、代理で出て来ようか? きれいな、ねーちゃんがいてるかもしれへんし…あっ、また蹴るか!? おれ、サッカーボール違《ちゃ》うよ!——あ、おい、マジ痛いすっよ!! ごめんなさいっ!」

その夜の対チュニジア戦は、食堂のテレビで皆《みな》と盛大に盛り上がりながら、見た。

とりわけ、後半森島《もりしま》と市川《いちかわ》が投入されて、こぼれ球を森島がゴールの左側に先制点を入れたとき(って、これ野城の解説の一部引用ね)、食堂内は割れんばかりの興奮に包まれた。

その夜、信望学舎の明かりは消灯時間を過ぎてもあかあかとついていて、舎監《しゃかん》の久保木さんも見て見ぬふり。

野城が2階のテラス伝いにケヤキの枝に立って、奇声《きせい》を上げたときは、さすがに、

「ご近所の迷惑《めいわく》です。野城くん、降りてらっしゃい。あ、これっ、インディアンのような声を出すんじゃありません！」

注意していた。

日本の決勝トーナメントの進出に、道頓堀の戎橋《えびす》からは、５００人ぐらいがダイビングしたそう。

中には真《ま》っ裸《ぱだか》のヤツや、ルーズソックスの子までいたっていうから、大阪人って血が熱いのかな。

ラテンのノリ、っていうか。

野城のお祭り野郎《やろう》ぶりも土地柄《がら》かなあ。

わが信望学舎でも、街に繰《く》り出《だ》したグループがあり、窓に小石が投げられたのは午前3時をまわった頃《ころ》だった。

門限は11時なのだが、抜《ぬ》け道はあり、窓に小石を投げると、気づいた誰かが非常口の階段の扉《とびら》を開けてやるのだ。

寄宿舎全体がお祭り気分で、規律も今夜ばかりはお目こぼしの雰囲気《ふんいき》。

それをいいことに、ぼくはその夜は、野城の部屋で一晩を過ごしたんだ。

野城は慎重《しんちょう》で優《やさ》しかった。

キスから始まって、互いの器官への愛撫《あいぶ》に移行するまで、じっくりと時間をかけ、ぼくがどう感じ、どう反応《はんのう》しているかのほうを自分より、優先してくれた。

もっとも、ぼくには、いまだ自分の器官を野城に触《ふ》れてもらうことに、ためらいがある。野城の本来の欲望はそこにはないことを知っているし、野城の愛撫の最中にも微妙《びみょう》にそれを感じとるからだ。

ぼくは率直に野城に告げることにした。

この先、ひょっとしたら長いつき合いかもしれない。またそうあって欲しい。

だから、できる限り率直に。

「あのさぁ、ぼくの…ここ、触《さわ》らなくてもいいよ。ほんとは、いやでしょ。ぼくは、それ気にしないし、自分でできるから」

「けど」

「いいんだって。ぼくは、こうして、きみと一緒《いっしょ》にいるだけで、満足だから」

すると野城は、

「ごめんな。まだ、心理的抵抗感《ていこうかん》ちゅうやつがあるのは、事実。けど、おまえのもんやったら、なんでも可愛《かわい》い。おれ、じきに慣れると思う」

きっぱりと言い、なんてこった、ぼくの先端《せんたん》にキスまでしてくれたんだ。

ああ、野城、もういいよ、そこまでで十分！

むしろ女の体を持たないぼくが、どうやったらきみに満足してもらえるのだろう。

「入れたい？」

思いきって、訊《き》くと野城は、

「あ？　うん」

素直《すなお》に頷いた。

「はめたい」

はっ？　はめ…？　ま、いいけど。

けど、やり方が…。

野城の指がぼくの anus の辺りをまさぐる。

「ふぅん、女の位置より、ちょっと下のほうにズレてるんだな」

って、そんなこと確認《かくにん》しなくても。

野城は、唾液《だえき》で潤《うるお》した、(たぶん) 人差し指の先端を挿入《そうにゅう》してきた。

う…。

「痛い？」

「…っていうか、キモチわりー」

「だろうなぁ…」

「でも続けて」

更《さら》に深く入った。

ほんとに…ヘンな感じ。

げ、なんだよ、これぇ。

ぼくは、真剣《しんけん》に思った。こんな箇所《とこ》で、本当に感じるわけ？

まぁ入れる側のほうは、普通《ふつう》の穴より締《しま》りがよくて気持ちよかったりするのかもしれないけど。

だって稲垣足穂《いながきたるほ》が書いてるし。

男根がもし、ヴァギナの割れ目用に作られているならば、それは鉈《なた》の形をしていなければならない。しかるペニスの形状からして、それはまさしく後方用に出来てる、って意味のこと。

なんか少年愛礼賛作家の牽強付会《こじつけ》って気もしないではないけど。

能書きはともかく、前方・後方双方《どっちも》、ぼくは経験ないから知らない。

野城が気持ちよく満足できるなら、ぼくはどうでもいいけど。がまんもするし。

「あっ！」

思わず声が洩《も》れた。

これ、今、入りかけてるこれ、指じゃない!?　野城の…!?

「痛いっ!!」

何を考える間もなく、腰《こし》を引き自分から抜き取ってしまっていた。

「ごめん…」

と謝ると、野城は、

「ううん。やっぱ、無理かなあ」

「でもないと思う。慣れればね。…今、結構根元まで入ってた？」

野城は申し訳なさそうに、かぶりを振《ふ》った。

「いや、ほんの先っぽだけ、ちょろっと」

…え。あの痛みで先端だけ⁉

ってことは本格的に受け入れたら、どんな苦痛が——。

でも、野城が、ここを欲しいなら。

いや、ぼくだって中に野城の体温を感じてみたい。

「入れて」

そう再び言ったら、野城は苦笑した。

「そんな悲《ひ》壮《そう》な声で、言われても。今夜はもういいよ。これから、少しずつお互《たが》いに慣れて行こうよ」

…ぼくは、野城の優しさに対して、申し訳なさで一杯《いっぱい》だった。

「あのさぁ、野城」

「うん？」

野城の胸に顔を寄せて頬《ほお》をつけて、ぼくは喋《しゃべ》っている。

「爪《つめ》、もっと切っといてくれないかなぁ」

「え」

「爪さぁ、〝中〟で結構痛い…」

「あ、ごめん。切るよ」

ぼくはやたら神経質になってるのかもしれない。

野城にとんだ深爪をさせてしまいそうだ。

「あのなぁ」

野城が言う。

「ん？」

「野城って呼び方、何とかならねぇ？　おれたち、もう…」

「あ、そっだよね」

先輩《せんぱい》たちが時々野城を「柊《シュー》」と呼んでいる。

「柊《シュー》ちゃんでいい？」

「ちゃんはいらねえ」

「はいはい。ぼくの、ことはなんて？」

「う〜ん。…やっぱ普通にトモヤでしょう。可愛いなぁ、トモヤ」

…消灯。

レッドカード

というわけで、ぼくと野城とは、それなりに安定した恋愛《れんあい》初期へと移行して行ったのだが。

それは、つかの間であったことを、いずれ思い知ることになる。

あ、いまだに野城って呼んでるって？

うん、それは人に語るときね。

ぼくたち二人の間では「トモヤ、シュー」でもはや成立してる。

チュニジア戦から、四日ほど経《た》ったある日のことだった。

授業中に、うっかりオフにしていなかった携帯《けいたい》が鳴り、ぼくは急いで切ったのだが、後で着信履歴《りれき》をチェックしてみると、心当たりのない番号だった。

「どうした？」

柏木（ぼくが、こないだ合コンをすっぽかした級友）に訊かれたので、

「なんか、知らない番号から電話かかって来てる」

「それ、ワンギリじゃねぇ？　貸してみ」

柏木は液晶《えきしょう》画面にうかんだ数字をちらっとチェックして、

「あ、これ違《ちが》うワ。単に個人の携帯だね」

「間違い電話かなぁ」

「じゃねーの？」

…だが、気になる。

長崎の友人からかもしれないし。

クラスメートの何人かは、ぼくの番号を知ってるし、そいつらの一人が誰《だれ》かに教えた可能性だってないではない。

リダイアルしてみた。

テープの声だったら即《そく》切ること！　しかし、

「はい…」

女性の生の声だった。

「あのぅ、電話貰《もら》いましたよね」

「トモヤ…くん？」

やっぱ、間違いじゃなかったんだ。

しかし、聞き覚えのない声。

それに…智乃《ちの》とか綾音《あやね》とか、ぼくが仲がよかったクラスメートの女の子たちの声より、大人びている。

「えっと、誰…ですか？」

電話の向こうでは押し黙《だま》っている気配。

「もしもし？」

「…シューと付き合ってた者なんだけど」

絶句した。

頭の中、真っ白。

黙っていると、向こうも何も言わない。

「…どういう、ご用件でしょう」

「シューと付き合ってるって、ほんと？」

「…はい」

「そういう…関係？」

「そういう…って？」

意味はわかったが、わざと問い返した。

ぼくと野城との間柄《あいだがら》を、なんで、この人に喋らなきゃならないんだろう。

たとえ、この人が数日前まで野城の恋人《こいびと》だった人だとしても、ぼくとは他人だ。

「なんで、この番号知ってるんですか」

「……」

「シューの携帯、見たんですね」

「一度、会えないかなぁ」

「はぁ⁉」

「このままじゃ、あたし納得《なっとく》できない。会ってちょうだい」

「会う必要はないと思いますけど」

「あら、そう？　寄宿舎に住んでるのよね」

「？…そうだけど」

「ばれちゃっても、かまわない？」

心臓を冷たい手で、ぎゅっと摑《つか》まれた気分。

「…それ、脅迫《きょうはく》ですか」

「そうよ」

と、その人は答えた。


野城に相談すべきかどうか迷った。

考えた末にやめた。

ぼくは、おそれていた。今、ぼくと野城柊一との間にある親和力は、まだ日が浅く、おそらくは、もろい。

注意深く扱《あつか》わねば、あっけなく壊《こわ》れてしまいそう。

いずれ、絆《きずな》がもっと強く深くなるまでは、細心に。

野城は、表向き、そっけないが、根は優《やさ》しい。

元恋人に泣いてすがられたり、まさかとは思うけど、自殺未遂《みすい》なんかされたら、戻《もど》って行くかもしれない。

ぼくの段階で、話をつけてしまおう。

わかったわ！　女の闘《たたか》いよっ。

って、冗談《じょうだん》だけど。

気分的には幾分《いくぶん》か、本音かもね。

その女性に同情したのは事実だが、巻き返しをはかって来たとなると、甘いことは言ってられない。

野城がだめなら、ぼくを突《つ》き崩《くず》しにかかっているのかもしれなかった。

いいわよ、受けて立つわ。かかってらっしゃい！

指定された『楽聖』という名の喫茶《きっさ》店《てん》を探したが、見つからない。

やっと探し当てたそこは、ドアがぼろぼろに朽《く》ち果《は》てて、とてものことに営業中だとは思えない。

おそるおそる、ドアを押すと、きしみながら開いた。

ガラスにペンキで描《えが》いた偽《にせ》ステンドグラスから僅《わず》かに射《さ》し入る外光だけで、中はまるで洞窟《どうくつ》のように暗い。

カビ臭《くさ》さが鼻を撃《う》つ。

ぼくは、入り口に突っ立ったまま、呆然《ぼうぜん》と崩れかけている壁《かべ》、石や壁土などの堆積《たいせき》、ハイドンらしい複製肖像画《しょうぞうが》、ランプの形の電灯、積み重ねられたテーブルや、脚《あし》に蜘蛛《くも》の巣を張《は》り巡《めぐ》らせた椅子《いす》などを眺《なが》めていた。

なんなんだ、ここは⁉

いきなり、ドドーッと水の流れる音がして、ぎくりと音の方向を見ると、ギ、ギーっと、入り口右前方のドアが開き、後じさりしたぼくの目の前に現れたのは、高齢《こうれい》の男性だった。

トイレから現れたらしい。

「おやー、いらっしゃーい」

って、あの…?

「ここ、営業中ですか」

「はい、いいえ」

「……」

その人は、おかしそうに笑い、

「ごらんの通りでね、こわれかけたまま、修理もせずに放ってある。それを私が、事務所代わりに使ってるんだね。ここで戦後間もなくから、名曲喫茶やって、せっせと働いたおかげで、お金も溜《た》まりビルを建て、私はその管理をして暮らしていてね、ここが事務所ってわけだ。しかし、もの好きな客が来れば拒《こば》まない」

…はぁ。…って、戦後!?　って、えと、50何年も前、いやもう60年近くも前の喫茶店か、ここ!?

「いやいや、20年前までは現役で営業してたけどね」

聞けばぼくの通う大学の歴代の先輩《せんぱい》たちも、ここにモーツァルトやらベートーベン、ラフマニノフなんかを聴《き》きに通って来ていたそうだ。

「××くんや、○○くんたちも、学生服で来ていたよ」

××は高名な小説家で、○○はかなり以前に、首相をやっていた人で、いずれも、もう老齢、は失礼か、初老期。

はぁ…。

老人は、朽ちた壁の脇《わき》に寄せられたデスクのスタンドに明かりをともした。

そこが「書斎《しょさい》」だと老人は言った。

しかし、50年以上も前から名曲喫茶とやらを営んでいたということは…。

「コーヒー、飲む?」

「…あ、はい。あの、マスター幾つですか?」

「八十七か八ぐらい」

「えっ！（とぼくは絶句した）血色もいいし、髪《かみ》も黒いし（化け物かしら）」

「コーヒーは美容と健康の源なんだよ。寝《ね》る前に飲むと、よく眠《ねむ》れるし」

聞いたことないけど…。

老人は、貧しげな色合いのコーヒーカップ（何十年前のものだろうか）に、トクトクと茶色の液体を注いだ。

テーブルと椅子は、ほとんどが積み重ねられて、ボロボロの壁際《ぎわ》に押しやられているが、二つほど、座れる椅子と、テーブルがあった。

シュガーポットもあったが、固まっていてスプーンが突き刺《さ》さらない。砂糖もたぶん、何十年前の時間と一緒《いっしょ》に止まって固まってしまったんだ。

しょうがないので苦手なブラックで行こうと、一口啜《すす》って驚《おどろ》いた。

取っ手のついたカップからして、ホットだとばかり思い込んでいたのだが冷たかった。

それも、用意した冷たさではなく、ほっといたら冷《さ》めちゃいました、って代物《しろもの》。

しかし、飲まねば悪い気がして、啜った。美容と健康の源なのね、と自分に言い聞かせながら。
ギ、ギーと表のドアが開いて、外からの逆光線を背負ってサングラスの女が立っていた。
ミュールに素足《すあし》が白い。

「トモヤくん？　遅《おく》れてごめんなさい」

女は、ぼくの真向かいに立ち、椅子の埃《ほこり》を、ハンカチで払《はら》った。

「汚《きたな》いとこ呼び出して悪かったわね。ここだと、人の耳がないから」

…いつの間にか、老人の姿はなかった。

「それとサングラス、失礼。泣きはらしてて、見せられないの」

ぼくは、あっけにとられて、言葉もない。

女は、サングラス越《ご》しに、じっとぼくの顔を見つめている。

そして、

「…なるほどね」

と言った。

「は？…なんですか」

ようやく、口がきけた。

腕《うで》まくりして、気負って来たのに、どうも展開の仕方が予測を、はずれまくっている。

「顔見てみたかったのよ。あたしより不細工だったら、許せないから」

「……」

「ま、きみじゃ、しょうがないか」

そして、いきなり手を伸《の》ばして、ぼくの腕を掴み、点検した。

「きれーな肌《はだ》…。ねぇ、なんかケアしてる?」

「⁉…別に」

「ふん、そう。若さの勝利ってやつか」

そして溜息《ためいき》をついた。

「あたし、場合によったら罵《のの》りまくって、殴《なぐ》ってやろうかと思ってたのよ。でも、きみ感じいいわ」

何と答えればいいのだろう。

面白《おもしろ》い人だ。

「あのぅ」

と、ぼくは思いきって言った。

「ちょっと、ほっとしました。…え、だって、自分の男の元恋人《こいびと》が、つまんない人だったら、なんか、こっちのプライドまで傷つくけど」

「あら、ありがとう。でも〝元〟に力入れ過ぎ。ただ、きみとは同意見よ。恋人持ち去ったヤツが、なんでぇ⁉ っていうレベルだったら、めちゃくちゃ腹が立つよね。あんまり、きれいでも、それはそれで、むかつくけどね」

「……」

「…けど、あんた、わかる? 相手が女ならまだしも、男!」

と今にも崩《くず》れ落ちてきそうな天井《てんじょう》を仰《あお》いで、

「あたし、どうすればいいのよ！」

「って訊《き》かれても」

「男に寝取られた女の気持ちってわかる!?」

「なんとなく」

「なんとなく、じゃなくって！」

「すみません。ハイ、わかります。でも、女をライバルにしなくちゃならない男ってのも、けっこう、きついもんがあります」

野城の元彼女は、ふっと笑った。

そして、立ち上がった。

「用件、終わり。現物見たら、気が済んだ」

え!? これで、本当に幕引き？

よかった…。

「…あの、ここ、よく来るんですか？」

「なわけないじゃない、こんな廃墟《はいきょ》」

「え…でも」

「ここ、あたしのお祖父《じい》ちゃんのお店、いえ、元お店」

「はぁ…」

と、ぼくも立ち上がった。

なんだ、あっさり終わっちゃったな。

修羅場《しゆらば》を覚悟《かくご》して出てきたのに、肩《かた》すかし。

「でもさぁ、やっぱ、むちゃくちゃ、腹立つのね。何で、女のあたしを棄《す》てて、男なんかんとこ走るわけ!?」

言うなり、避ける間もなかった、その人の手が、ぼくの頰《ほお》に激しく鳴り、ぼくは、よろけて、テーブルに手をついた。

「このくらいさせてね。あんなオイシイ男を盗《と》った代償《だいしよう》。安いもんでしょ」

ぼくは体勢を立て直して言った。

「ええ確かに安いです。でも代償は払ったんだから、これっきり、シューとはきれいに縁《えん》を切ってくれますよね」

「…わかったわ。…残念、こんな出会いじゃなきゃ、きみとは、いい女ともだちどうしになれたかもしれないのに」

野城の元彼女が出て行ったのと入れ違《ちが》いに、老人が、いや野城の元彼女《もとかの》のお祖父さんが入って来た。外で、時間つぶししていたらしい。

虚脱《きよだつ》して立ち上がり、黙《だま》って出て行こうとしたぼくの背中で声がした。

「もしもし、コーヒーのお代を。二人で千円です」

…あの人は、いやお宅の孫娘《まごむすめ》さんは、飲まなかったですけど、と言う気力もぼくにはなく、月半ばをとうに過ぎて乏《とぼ》しくなりつつある財布から貴重な1枚をしぶしぶ抜《ぬ》いて、テーブルに置いたのだった。

奇妙《きみよう》な体験をした…。

しかし頬に残る痛みと引き換《か》えに、人の恋人を奪《うば》った心の痛みは薄《うす》れている。うんと年上の女性と、ともかくも、渡《わた》り合ったんだ。そのことへの、誇《ほこ》らしさも、ちょっとだけある。大人への第一歩っていうんですか？

今日のことは、野城には喋《しゃべ》らないことにした。どういう伝え方をしたところで、彼はぼくに対して責任を感じるだろうし。余計な負い目は負わせたくない。

彼女との別れで、野城の心が見た目ほど無傷であると、ぼくは思ってはいないし。いずれ、時が来たら笑い話で話すつもり。しかし、第2、第3の彼女がぼくの携帯《けいたい》を鳴らすなんてことはないだろうね。カンベンしてよ。

だが、まぁ、自分の男がもてるヤツだってこと、悪い気分ではない。男が自分の手綱《たづな》の先にしっかり、止まっていてくれる限りは、だけど。

夕食の後、出かけた。

「ちょっと買い物」

と野城にはそれだけしか言わなかったが、行き先は2丁目である。

地下鉄の新宿3丁目駅から出てすぐ、世界ゲイワールドに鳴り響《ひび》いたゲイタウンのメインストリート、仲通りがある。

仲通りに面してお目当てのショップはある。男街のガイドブックや、雑誌、ヴィデオ、ラッシュ、SM含《ふく》めたHグッズなどが狭《せま》い店内にひしめいている。

入ったことはないが、存在は前から知っていた。

迷っていると絶対、入れなくなるので、ぼくはその店にほとんど突進《とっしん》して、棚《たな》に積まれていたその小箱を猛然《もうぜん》という感じでレジに持って行った。

恥《は》ずかしさにほとんど、卒倒《そっとう》しそうだったけど。

入浴の後、その箱をスーパーの袋《ふくろ》に隠《かく》し持って野城の部屋に向かっていたら、

「あれっ、どっかの部屋で宴会《えんかい》け？　まぜてくりょ」

ぼくと同じ1回生仲間でミナイちゃんこと、御薬袋から声をかけられた。

御薬袋は「みない」と読む。姓《せい》である。

「アンレマ、隠すでねー。これさ、おつまみ入《へえ》ってるんだべし」

といきなりスーパーの袋に手を伸《の》ばされて、

「入《へぇ》ってないっ！　おつまみじゃないっ！」

ぼくの反応が過激だったので、きょとんとしているミナイちゃんに、

「…あ。っと。ごめん。確かに野城と飲むんだけど、ちょっと込み入った相談があって」

…ふぅ。

野城の部屋を一つだけ、コンとノックする。それが、ぼくだという合図だった。

入ると、パジャマでデスクに向かっていた野城が振《ふ》り返った。

「悪い。勉強中だった？」

「いや、明日の朝礼の準備」

「出直すね」

「いや、ちょうど、気分転換《てんかん》したかったとこ」

「じゃ、Hする？」

「ほよ、大胆《だいたん》なご発言」

ぼくは、勝手にドアをロックすると、パジャマ代わりのTシャツとショートパンツを脱《ぬ》いだ。

「え、マジ〝する〟気？」

「来て」

野城は、ちょっと困惑《こんわく》したような表情をうかべたが、パジャマを脱ぎながら、近づいて来た。

二段ベッドの下段に、野城はベッドを移していた。そのほうが、ぼくらには便利だからだ。

ぼくは、野城を待たず、ベッドに入った。

「何、その箱」と野城が訊く。

「アレ用のオイル。これ使ったら、だいじょうぶだと思うんだよね」

「……」

野城が何かを言いかけて、やめた。

「なに？」

「…いや、別に」

ぼくは、トランクスを脱ぎ、野城もボクサーパンツを脱ぎ捨てた。

「一体、何本入ってるんだよ、オイル」

と野城があきれたように言う。

「さあ。…あ、10本入りだって」

野城は、そのうちの1本を珍《めずら》しげに手にとって、

「これ1本で5、6発やれるんじゃねぇ？」

「……」

「おれに、何発させる気？」

「50連発」

「はぁ。バラで売ってねぇの、こういうの？」

「売ってるかも。恥ずかしくて、とりあえず目についたの摑《つか》んでレジに行ったら、これだったんだもん」

ぼくは、仰向《あおむ》けになり、野城に膝頭《ひざがしら》をつかまれ、開かされた。

「おまえ、なにガードしてんだよ。力、抜けよ。脚《あし》、広げろよ」

おっちょー、なんかもの凄《すご》く卑《ひ》猥《わい》な格好でない？　これって。

野城が、オイルの入った容器のキャップを外している。

緊張《きんちょう》した。

ついに野城と結合するんだ…。

野城は先端《せんたん》にオイルを塗《ぬ》ると、ぼくのお尻《しり》の下に枕《まくら》を差し入れて、ぼくの腰《こし》を持ち上げた。

ぼくは、固く目を閉ざしている。

しかし、触《ふ》れて来ないので薄目を開くと、野城は、ベッドに膝頭をついた格好《かっこう》でぼくの腹の上にいた。

オイルで、てかったそこに手を添《そ》え、自らをそそり立てている…。

え、手で刺激《しげき》しなきゃ、勃《た》たないの…？

ぼくなんか、もう、このシチュエーションだけで、こんなになってるのに。

野城が、いきなりぼくの脚を持ち上げると、自分の両腿《りょうもも》の上に置き、枕ですでに持ち上がっているぼくの腰位置を更《さら》に高くした。

慣れてる。…野城…。

うっわぁ、この角度だと、たぶん、そこ、野城にはもろ見え？

なんて、恥ずかしい…。

「入れるよ」

野城が言った。

ひやっとした感触《かんしょく》が、そこに触れた。

ぬるり、ぬるりと、標的を2度逸《そ》れて、野城は手で、ぼくのその箇所《かしょ》を確かめると、茎《くき》に片手を添え、3度目に、にゅっと入って来た。

野城が更に腰を進め、ぼくは歯を食いしばった。

だが…。

ぼくの内部にあったものは、それとわかるほどに芯《しん》をなくし柔《やわら》かくなり、抜け落ちた。

「だめだな…」

野城がつぶやく。

「トモヤ、身体《からだ》に力入れ過ぎ…」

「あ。緊張しちゃってて…」

「深呼吸してみ」

「……」

野城の指が、そこを探《さぐ》っている。

「力んじゃだめだよ」

ちょっと、いらついた野城の声音《こわね》。

ぼくは、ますます、自分の身体が強張《こわば》るのを感じるが、どうしようもない。

「バックからしてみるか。起きて、後ろ向いてみ」

ぼくは、ベッドに手と膝《ひざ》をつき、腰を浮《う》かせた。

動物の雌《めす》が発情してるときの体位。

いやぁ、みんな、こんな恥ずかしいこと、本当にしてるんだろうか、男も、女も？

腰を持ち上げた脚の間で、ぼくの陰嚢《ふくろ》が、ぷらんとしてるのも、滑稽《こっけい》で恥ずかしい。

が、野城は上手くいかないようだった。

なんか、だんだん惨《みじ》めになって来る。

野城の舌打ちが聞こえた。

ぼくは、たまらなくなり、後ろ向きの体勢を元に戻《もど》した。

「ごめん。どうしても、緊張しちゃうんだ」

すると、野城は、

「いや、おまえじゃないよ。うまくいかねーの、おれのせい。硬《かた》くならねぇから、先っぽ入れたとこで、出ちゃうんだ」

…野城は、ぼくから離《はな》れ、黙《だま》ってティッシュで先端を拭《ふ》きとっている。

たまらない気分。こんな、はずじゃなかったのに。

「ごめんね、ぼくが慣れてなくて」

「おまえのせいじゃねえって、言っただろ！」

野城の声が、あまりにも苛立《いらだ》っていたので、ぼくは凍《こお》りついた。

野城は無言でパジャマを着、ぼくも、のろのろとそうした。

「勃たねえんだよ…」

野城が、ぽつりと言った。

「こんなん初めてで、ちょっとショックだった。怒鳴《どな》って悪かったよ」

「ううん…」

「勃たねえときの男って、こんな気分なのか…」

野城がデスクの椅子《いす》に腰を下ろして呟《つぶや》く。

口調は軽いが、滅入《めい》っている。

ぼくは、ベッドから声をかけた。

「野城。…やっぱり、それって、ぼくのせいなんじゃないのかな。ぼくが、女じゃないから」

すると、野城が立ち上がって、ぼくの手を取った。見つめた。

「それを言うのは、これで最後な。おれたち、もう二人で歩き始めちゃったんだから」

野城はベッドに入って来て、ぼくの首の下に腕《うで》を差し入れた。

腕枕。……初めて。

「この先、おまえとはずっとやって行く。だから、お互《たが》い正直になろう」

ボソボソと喋《しゃべ》る野城の声を顔の脇《わき》に聞きながら、ぼくは頷《うなず》く。

「おれ、どうも心理的バリアが、まだあるみたいなんだよね」

「え…」

「ふっきったつもりだったんだけど、身体って正直だよな。おれの、迷いのまんま、半勃ち。勃ったら、しぼむし」

「迷いって…？」

「迷いってか、混乱。気持ちはおまえのとこに一直線。それは信じろよ」

「うん…」

「けど、突然《とつぜん》でさ。おまえとのことが、唐突《とうとつ》過ぎて、まだ気持ちがついていけない部分がある。…明日、おれ朝礼担当だろ？　だから読み上げるバイブルの箇所《かしょ》、探してたら、男と男が寝《ね》ちゃいけない、ってなとこ、たまたま目に入っちゃった」

「え、…」

「そんなこと気にしちゃいないけど。オナニーもご法度《はっと》だし、女見てやりてー、と思うだけでもぺヶ。んなこと言ってたら、世界中のほとんどの男、地獄落《じごく》ちでしょー。ゲイの神父や牧師が昔からいたのは事実だし、最近じゃカミングアウトしてるのもいるしね」

「だったら、なんでバイブルでわざわざ、そんなこと禁止してるのかな」

「時代背景ってのもあるんじゃないかな。産むことが大いなる使命だった時代には、オナニーで精液の無駄遣《むだづか》いなんて、とんでもないし、男と寝たって子はできないし。

日本もそうでしょ。もともと、男同士の性には大らかだったんだよな。空海《くうかい》は、その道じゃ有名人だし、西鶴《さいかく》の時代には男専門の遊郭《ゆうかく》みたいの、陰間茶屋《かげまぢゃや》ってのもあったし。

偏見《へんけん》で見られるようになったのは、どうも明治時代の富国強兵策以来だな、産めよ増やせよって時代以降」

ぼくは、ただ、もうびっくりして、野城の天井《てんじょう》に向けた横顔を見つめていた。

「詳《くわ》しいんだね…」

「おまえと、こういうことになってから、ちょっと、文献漁《ぶんけんあさ》ってみたんだ」

「へぇ…!? シューって理論派?」

「じゃなくて、おれの自信のなさからだよ。男どうしで、どうとかって、…それが、どういうことか、わかんなくなっちゃってたから」

だから、図書館に走るって…。野城の新しい一面を発見した…。

「でも」

と野城は言った。

「文献でどういおうと、信じるのは結局、自分のここだってことでしょ」

と野城は、自分の胸に、そしてぼくの胸に、手を置いた。

「そうだね…」

「ただなぁ…」

と、野城は溜息《ためいき》と共に言う。

「おれ、ボーンクリスチャンでしょ、いちおう？」

「うん、ご両親がそうで赤ちゃんのときに洗礼を受けてたら、当然生まれながらのクリスチャンってことだよね」

「おれ、そのことを重大に考えたことはなかったし、自分で主体的に選ばない限りキリスト教徒なんかじゃない、って考え、いまだに変わっちゃいないんだけど。

でも、子どもの頃《ころ》から親とか家の雰囲気《ふんいき》とか、知らず知らず染み込んで影響《えいきょう》受けちゃってる部分ってあるんだよね」

「うん…わかる」

「だからさ、おれ自身は、トモヤとのこと全肯定《こうてい》してる…んだけど…」

「うん、わかるよ。頭では納得《なっとく》してても、今まで培《つちか》われたシューの常識とか、倫理《りんり》観とか、一朝一夕《いっちょういっせき》には壊《こわ》れない…」

野城は頷いた。

「ごめんな。タラタラ述べて、結局、勃《た》たなかったことへの言いわけだったりする。×××できねぇ男なんか、おまえ、不要《いら》ねえか?」

×××は、関西圏《けん》、九州圏で女性器と共に性交を意味する言葉で、野城はそれをあからさまに口にしたのだが、いやな感じではなかった。

ぼくは、野城の腕から頭を離して、顔を野城の胸につけた。

「シューの心臓の音が聞こえる。なんか、嬉《うれ》しいな…。あのね…、ぼく、シューとHするの凄《すご》く好きだけど、それが全然なくなっても、いい。だからって、シューから離《はな》れようなんて、アタマかすめもしないよ」

トクン、トクン…。

野城の胸の鼓動《こどう》に、ぼくは耳を澄《す》ましている。

「こうやって…」

と、ぼくは言った。

「シューの体温がそばにあって、…声が聞こえたら、…顔が見えたら、それでいい」

野城が、そっとぼくを体から離して、ぼくの上になり、そしてキスをしてきた。

長い、深い、キス。

「おれたち、きっと一生一緒《いっしょ》にいるよな」

その通りだと、ぼくは思った。

「愛してるよ、トモヤ」

愛…。

映画で、ドラマで、演劇で、小説で、マンガで、歌で、一体何度ぼくは、この言葉を目にし、耳にして来たことだろう。

だが、野城が今口にしたその言葉は格別のきらめきを放ちながら、ぼくの心の最も奥深いところを射抜《いぬ》いたのだった。

「愛してる、シュー」

愛という言葉は不思議だった。

胸の中の見知らぬ扉《とびら》を開ける鍵《かぎ》だ。

ふいにドアが開いて、そこにきれいな気流が流れ込んでくる。

ぼくと野城は無言で見つめ合っていた。

気流が二人の間に通っている。

ぼくの頬《ほお》を温かな涙《なみだ》が滑《すべ》り落ち、野城の目も潤《うる》んで…いた。

微《かす》かではあったけど、野城の涙を初めて見た。

身体《からだ》の結合には失敗したけれど、その分かえってお互いの心が見えて来たのが、ふしぎ。

シュー、ぼくは一生きみのそばにいる。

いて、きみを守る。

愛し続ける。

…それにしても、野城の心の中のバリアを外してあげたかった。

ぼくのためではなく、ぼくという同性に心を惹《ひ》かれたばかりに、おそらくはぼくにも、見せきってはいない葛藤《かっとう》、苦しみ、そこから野城を解き放ってやりたかった。

しかし、どうやって…。

他《ほか》ならぬぼくのせいで不能に陥《おちい》っている野城に対して、ぼくに何が出来る？


翌6月18日、東京は雨。

信望学舎窓外のケヤキの葉が濡《ぬ》れそぼっている。

そしてこの日——

宮城球場では日本対トルコ戦。

0—1で日本は敗退し、ベスト8進出の夢は潰《つい》えた。

終了《しゅうりょう》ホイッスルの音色を、ぼくは野城と手を握《にぎ》り合って聞いていた。

日本が負けた。ちょっと前まで、ぼくにはどうでもいいことだった。

だが、野城の落胆《らくたん》。それを、ぼくには分かち合う義務がある。

なぜなら、ぼくは彼の恋人《こいびと》だから！

義務は、歓《よろこ》びだ。

たとえそれが失意であれ、惚《ほ》れた男とは、出来るだけ総《すべ》てを分かち合いたい。

単にサッカーの試合に負けたというレベルではなく、日本中の人たちが手を携《たずさ》えて虚《こ》空《くう》に結んだ一つの巨大《きょだい》な夢。

それがワールドカップというものなのだった。

夢が一つ、音立てて消え去った。

ホイッスルの音色の何という絶望。

ぼくは野城と共に、喪失《そうしつ》感の荒野《こうや》に立ちすくむ。

ぼくたちの祭り

しかし、ファンというものの心理を、ぼくはまだ理解していなかったようだ。

日本の敗退を機に憑《つ》き物が落ちた具合に、ワールドカップに興味を失ったぼくなのだったが、「ぼくの男」は…野城柊一という名なのだが（笑）…いまだ、決勝戦に向けて闘《たたか》いを続けている各国チームの動静に一喜一憂《いっきいちゆう》のありさま。

だから、ぼくも再び興味を取り戻《もど》したような、しだいで。…

もはや興味の有無すら、野城に左右されるのだ。

その愚《おろ》かさをぼくは笑いながら肯定する。

某《ぼう》教育関連出版社主催《しゅさい》の英語、国語2科目模擬《もぎ》テストで、全国4位のポジションを獲得《かくとく》した、このぼく（1位との差は3点だった。2位が同点で2人。3位なしの4位だった）。

実は密《ひそ》かな自信だったのだが、そんなこと、もう何の価値も意味もない。

野城の半径30センチ圏内に入るだけで、蕩《とろ》けてしまうぼく。

しかし、蜜月《みつげつ》の満月にかかる一片の黒雲がある。

彼の心の奥深くに、ぼくたちの結びつきを否定する要素が潜《ひそ》んでいるらしい。

あの夜以来、ぼくらが、そのことを話題にすることはなかったのだが、暗黙《あんもく》のうちに性的な接触《せっしょく》は避《さ》けるようになっている。

キス、抱擁《ハグ》の向こうには行かない。

行って、また不如意《ふにょい》であったら、野城の受けるダメージが大きすぎる。

女性にはなかなかわかってもらえないことだろうが、penis には男の繊細《せんさい》かつ根源的なプライドがひっかかっているのだ。

男であるという証《あかし》が。

野城によって再びワールドカップへの興味を持たされたものの、日本がステージから去った今、どのチームを応援《おうえん》していいのかわからない。

トルコのサポーターになることを決めた。

日本が敗れたチームが勝ち進んでくれれば、ああこんな強豪《きょうごう》相手に日本は善戦したのだ、と思えるから。

が、野城がブラジルを応援しているとわかったとたん、「うん、ぼくも！」ころっと寝返《ねがえ》ったのは言うまでもない。

6月25日、ドイツ対韓国《かんこく》戦。
守護神カーン、韓国を完封《かんぷう》、1−0で決勝進出。

翌6月26日、ブラジル対トルコ戦。
1―0でブラジル、3大会連続決勝進出。

野城は横浜《よこはま》スタジアムでの決勝戦に乗り込むべく、パソコンと携帯《けいたい》とを駆使《くし》してチケット奪《だつ》取《しゅ》に情熱を燃やしている。

日本におけるワールドカップの開催《かいさい》の可能性は何十年も先、この際どうしてもナマで見てみたいという。

ぼくもチケットが手に入るように祈《いの》っている日々。

なにしろ野城は、ぼくが原因で長居スタジアムでの観戦をあきらめたのだ。

だが携帯はつながらず、パソコンもようやくチケッティング・ビューローにアクセス出来たと勇んだら、黄色のランプの点滅《てんめつ》と共に temporarily not available（現時点、取得不能）表示の連続だと、野城は落ち込んでいる。

赤ランプの表示すなわち取得不能なら、いっそ、ふっきれるのだろうが「現在のところ」と但《ただ》し書きがつくので、野城はあきらめきれないでいる。

混んでいると思われる時間帯を避けて、早朝、深夜、夜明け前、とがんばっているようだが、だめ。

ついに6月30日という日が来てしまったのだった。

ワールドカップ・ファイナル。

ブラジル対ドイツ。

東京の空は曇《くも》っていた。

いわばワールドカップを機に、野城と出逢《であ》い、野城と結ばれた。

その閉幕日だというので、ぼくには個人的な思い入れがある。

日曜日…。

舎生として義務づけられている教会に行く日。

午前中に野城と、寄宿舎から徒歩距離《きょり》にある教会を訪《おとず》れる約束だったのだが、野城は急用が出来たとかで、ぼく一人で賛美歌を歌い、牧師さんの説教を聴《き》いて人気《ひとけ》のまばらな信望学舎に戻って来た。

玄関脇《げんかんわき》の野城のネームプレートは不在のしるしに、まだ裏返されたままだった。

5時半近くになり食堂には夕餉《ゆうげ》の支度《したく》が調《ととの》い始めたというのに、野城はまだ帰って来ない。

むろん、テレビの一番前に陣《じん》取るために、キックオフの8時はるか前には、帰って来るに違《ちが》いないのだが。

桜井さんや御薬袋《みない》たちと、ロナウド、カーンの話題で盛り上がりながら、夕食を摂《と》っているとき、額に汗《あせ》をうかべて野城が入って来た。

「お帰り」

「おい、ちょっと来いよ！」

野城が紅潮した顔で言う。

「え、まだ食べてる最中《さいちゅう》…」

「いいから、来いって！」

腕《うで》をつかまれ、外に連れ出された。

「なんだよ…？」

「目、つむって」

「え」

「いいから、つむって！」

…言われたとおりにした。

「手、出してみ」

すると手のひらになにか、紙切れが載《の》った。

「なにこれ。目、開けてもいい？」

「うん！」

一瞬《いっしゅん》、その紙切れが何かわからなかった。

あせた感じの朱《しゅ》、黄色、緑…などで印刷されたその紙片。

「2002 FIFA ワールドカップ TM」という文字が、日本語、英語、ハングル文字で紙の上部中央にある。

そして中央に Germany Vs Brazil。

…えっ⁉

そう言えば、円と曲線とで描《えが》かれたこのマーク、テレビに何度か映っていたような…。

でも…まさか。

「チケット〜⁉ 決勝戦のっー⁉」

野城が満面の笑《え》みで頷《うなず》く。

「おめでとー！ よかったねぇ！ でもどうやって⁉」

「おやじの教え子がさ——」

お父さんが教授に成り立ての頃《ころ》、単位が足りずに卒業がおぼつかない学生に、その人柄《ひとがら》に免《めん》じて単位を与《あた》えたのだという。

留年を免《まぬか》れた学生は、その後ベンチャー企業《きぎょう》の旗手として、活躍《かつやく》する身の上に。

取り引き先に韓国の企業があり、その接待用にチケットを複数枚、用意してあったのだという。

ところが、韓国の敗退で決勝戦への進出ならず、日本にどれだけの取り引き先がわざわざ観戦に来るか、おぼつかなくなったところで、その元学生は、野城のお父さんに電話したのだそうだ。

息子さん、確か東京の大学に進学したはず。ひょっとしたら、決勝戦に興味があるのではないだろうか、と。

「えー、じゃあ、その人から!?」

野城が頷く。

「なんで黙《だま》ってたんだよ、そんないい話」

なじったぼくに、野城は、

「当日になってみないと、飛び込みで来る得意先があるかもしれないからってことで、今日になるまで、貰《もら》えるかどうかわかんなかったんだ。おれ、朝からずっとその人のオフィスで待機してたんだけど、やっぱ、あったよ、飛び込みが一組。夕方になって、もうだいじょうぶだっていうんで、やっと貰えたチケットなんだ」

いつの間にか、桜井さんとミナイちゃんがいて、話を聞いていた。

「いいなぁ！」

温厚《おんこう》で普段《ふだん》はあまり感情を露《あら》わにしない桜井さんが、本当に羨《うらや》ましそう。

「じゃあ、ぼくたち、テレビで応援してるね。野城、ひょっとして、画面に映るかも!?」

ぼくが言うと、野城は、いたずらっ子のような目をした。

「そのチケット、おまえのだよ」

え…。

「おれのは、ほら、これ。…2枚、もらえたんだ」

「いいなぁ！」

と、桜井さんがぼくの肩越《かたご》しにチケットを覗《のぞ》き込む。

「ちょっと、触《さわ》らせて」

ぼくは、まだ声も出ないありさま。

「あちらがスペアで用意してあった、安いカテゴリー3の席だけど。カテゴリー1のは1枚しかなくて、どうせなら並んで観たかったから、1は貰わずにその代わり3を2枚、ペアで貰って来たんだ」

野城…。

いい席で見たかっただろうに、ぼくのためにランク落ちした席のほうを選んだというのか…。

「ありがとう!!」

桜井さんやミナイちゃんの他《ほか》に、いつの間にか3人4人と、野城とぼくを取り囲む人数が増えていて、彼らの手前、涙《なみだ》は見せられなかったが、鼻の奥がつんと痛い。

「したども、野城は、なじょして内田ばっかりに、優《やさ》しくするだがに？」

御薬袋くんの疑問を、ぼくも野城も聞こえなかったふりをして、階段を駆《か》け上がった。

ブラジルカラーである黄色系のシャツに着替《きが》えるために！

キックオフまで、あと2時間ちょっと！

「ばんざーい！　ばんざーい！」

「オーレー、オレオレ、オレ、オレー♪」

「ブラジール、チャチャチャ！」

「ジャーマン、チャチャチャチャ！」

　その時間に在舎していた舎生全員の盛大なる見送りを受けて、野城とぼく、信望学舎を出発、横浜へと急ぎ向かったのだった。

　渋谷駅から東急東横線に乗る。

　立錐《りっすい》の余地もないほどの混雑を予測していたのだが、車内は意外にも空《す》いていて、乗客も普《ふ》通《つう》の雰囲気《ふんいき》。

　世の中、ワールドカップだけで回っているというわけでもないらしい。

　なんだか、物足りないが、自分だって無関心派だったんだ、野城と巡《めぐ》り会うまでは。

　混んでいたら、野城をつり革につかませて、ぼくは野城に、いそいそと寄っかかっているつもりだったのだが、座れてしまった…。

「あのなぁ」

　と野城が、ふと気まぐれのように関西弁で言う。

「ひょっとしたら、テロで二人とも死んでまうかもしれへんぞ」

「いや、万一のことだけどさ。ほら、韓国と北朝鮮《きたちょうせん》との銃撃戦《じゅうげきせん》があったばかりやし、今日はキム・デジュン大統領夫妻も観戦するとかで、ドイツの首相もいるし、何が起こるかも、わからへん」

「ふぅん…」

へぇ、野城、こんなこと考える人なんだ。

も一つ、新しい一面発見。

野城はぼくの耳元で声をひそめた。

「トモヤ、おれと死んでも後悔《こうかい》せぇへんか？」

「せぇへん！　シューは？」

「おまえに爆弾《ばくだん》、当たらんようにおまえに覆《おお》い被《かぶ》さって死ぬ」

「え、なにそれ…」

東横線は菊名《きくな》で降り、新横浜線に乗り継《つ》ぐ。始発の小机《こづくえ》駅への通路に足を踏《ふ》み入れたときから、いっきにサポーターとわかる人々の姿が増え、いや、おそらく全員が横浜国際総合競技場へと向かう人波だろう、前へ進むのも自由にならなくなる。

外国人の姿もめっきり増えた。

皆《みな》、国旗を持ったり、魔法使《まほうつか》いみたいな大きな帽子《ぼうし》をかぶったり。チョンマゲの、かつらをかぶったのもいた。

いやがうえにも、気分が盛り上がる。

…ふと気がつくと、野城がぼくの腰《こし》に手をまわしている。

びっくりして、思わず顔を見上げたら、野城は前方を見つめたまま、澄《す》ましていた。

どさくさに、まぎれて、ってやつ。

(電車が混雑してたらやってやろうと、ぼくがもくろんでたのと同じ発想だね)

でも、相手が女の子だったら、堂々と出来るしぐさも、どさくさにまぎれてって、野城、ごめんね。

けど、秘密っぽいほうが、心の密度は濃《こ》くなる気もして。

電車の中で抱《だ》き合える自由がないからこそ、二人きりになれたときは熱かったりして。

新横浜駅に到着《とうちゃく》。

人の流れに乗って歩き始めると、早速「チケット求む」のカードを掲《かか》げている、ぼくらと同じ年恰好《としかっこう》のヤツがいた。

『北海道からはるばると来ました。どうか、お願いです。私に格安でチケットを譲《ゆず》ってください！』

必死の面持《おもも》ち。

そりゃそうだろうなぁ、北海道からじゃあなあ。けど、手に入るかどうかわからないチケットをあてに、そんなに遠くから。

うまく、ゲットできるといいのだけど。

しかし、なんでだろう、スタジアムに流れる人波とは逆行して駅の方角へと向かってくる波がある。

「チケット持たずに、ただ雰囲気《ふんいき》だけ味わいたくて、周辺をうろうろしてる連中じゃないのかな」

と野城は言った。

見上げる夜空には、ヘリコプターが2機、ナヴィゲーションライトの赤・緑をともらせてパタパタと旋回《せんかい》している。

空気に湿《しめ》り気を感じるのは海風のせいか、それとも雨もよいの天候のせいなのか。

野城は夕食を摂《と》っていず、ぼくも途中《とちゅう》でやめたので、マックに寄りたかったのだが、もの凄《すご》く混雑していたので、隣《となり》の空いている、いかにもまずそうな店で（なんでだか、みんなも勘《かん》でわかるらしい）、二人とも一番速く出来るというホットドッグを手に入れて、歩きながら齧《かじ》ったのだが、やっぱり、まずかった。

しかし、何という人の波、混雑！

スタジアムに近づくにつれ、警官、警備の人々、案内や整理のボランティアのグループの数が増え、人の嵩《かさ》ももはや身動きもとれないほどに膨《ふく》れ上がっている。

ぼくは、折りたたみ傘《がさ》やビニールのレインコートを突《つ》っ込んだショルダーを探《さぐ》って、大事にしまいこんでいたチケットを取り出した。

座席によって、入るゲートの位置が違《ちが》うとボランティアの人が誰《だれ》かに説明している声が聞こえたので、座席ナンバーをチェックしようと思ったのだ。

すべてを心得た、野城にまかせておけばよかったのに、結果的に余計なことをしてしまった。取り返しのつかない大変な失敗をぼくはしでかした。

チケットを手にしたとき、目の前に立ちはだかる一団がいて、前に進めなくなった。

ぼくがつい、彼らに注意を奪《うば》われたのは、思い思いの扮装《ふんそう》の一団の中に『スクリーム』の殺《さつ》人鬼《じんき》がいたからだ。

うっかり夜中にヴィデオで観て、うなされそうに怖《こわ》かった恐怖《きょうふ》映画の主人公。ムンクの「叫《さけ》び」みたいな、歪《ゆが》んだ白い顔のマスクをつけて、黒マントという姿、手には威《い》嚇《かく》の鎌《かま》を振《ふ》りかざしている。

一瞬《いっしゅん》、気を奪われたときに、背後から押してくる人波、前方から進んでくる扮装の一団。

前後から押され、よろけ、そしてチケットは手から滑《すべ》り落ち、あっと思ったときには、チケットは人々の足に踏みつけられ、焦《あせ》って腰をかがめたとき、チケットは殺人鬼の靴《くつ》の下にあり、

…それが、ぼくのチケットを見た最後となった。

殺人鬼の足元に伸《の》ばした手は虚《むな》しく宙を泳ぎ、背後から押され、斜《なな》めからも人の垣根《かきね》は押し寄せ崩《くず》れ、更《さら》に前方から、また新たなサポーターの一群。

歓声《かんせい》。歌声。拍手《はくしゅ》。

青くなって、

「シュー！」

叫んだが、声も呑《の》み込まれる騒《さわ》ぎ、野城の姿は、ない。

「シュ――っ!!」

ぼくは、腰をかがめ、這《は》いつくばって、押し寄せごった返す無数の足の間を、探す。

時間は刻々と過ぎてゆく。

携帯《けいたい》で確かめると、キックオフまで、あと20分を切っている。

チケットはなく、野城もいない。

意を決して、ぼくは立ち上がった。

人波を無理にかき分け、怒鳴《どな》られながら、かいくぐりゲートの方角へ、やみくもに走った。

とにかく、走った。

野城は、ぼくを見つけられねば、ゲートでぼくを待つに違いない。そこが一番、確実だからだ。

だが、ぼくはチケットを持たず、だからゲートナンバーがわからない。

だが、キックオフの前に、野城を見つけ、ぼくは置いて、中へ入ってくれるよう、言わなくては！

野城は、いつまでも、ぼくを待って佇《たたず》んでいるだろう。

あるいは、ぼくを探すかもしれない。

あんなに楽しみにしていた決勝戦、ぼくのせいで、野城が見られなくなったら、ぼくは、ぼく自身を一生許さない。

息が切れて来た。

でも、走った。走り続けた。

そして、突然《とつぜん》、ぼくはチケットに表示されていた「E1」というアルファベットとナンバーを思い出したんだ。

菊名への電車の中、何となくチケットを出して眺《なが》めていたのだが、そのときに「E1」…ああ、〃いい位置〃かと語呂《ごろ》合わせしたのだった。

それが、きっとゲートナンバーだ！

ボランティアの人に場所を聞くと、なんとぼくが闇雲《やみくも》に走って来た位置とは逆方向。

顔がひきつりそうになりながら、来た道を戻《もど》りかけ、しかし川沿いの土手に人波が比較《ひかく》的少ないので、そこを走ることにする。

息は苦しく、足の筋肉は痙攣《けいれん》しそうで、もうこれ以上、どうがんばっても、走れない。

気ばかり焦りながら、とぼとぼと歩いていると、

「おやー、きみ、こないだの…」

のんきな調子で声をかけられ、見ると、なんと廃墟喫茶《はいきよきつさ》「楽聖」の老マスターだ。

「こっ…こ…んばん、は」

まともに喋《しゃべ》れない。

「どうしたの…」

切符《きっぷ》をなくして、友だちが待っているゲートに行こうとしている、と切れぎれに告げた。

「おやおや、なくしちゃったの。そりゃあ、せっかく来たのにねぇ。E1なら、私が行くゲートだ。一緒《いっしょ》に行きましょう」

方向音痴《おんち》のぼくには助けの船だった。

もう、チケットはあきらめた。

野城に、決勝戦を見せたい、どうしても。

それだけ。

やはり、野城はゲートの入り口に立って、あちこちに視線を走らせていた。

「シュ――っっ!!!」

手を振った。

野城が走って来た。

「どうしたんだよ。探したんだぞ！　でも、よかった。急げ、キックオフまで、もう時間ねぇぞ」

「ごめん、なくしたっ！」

「はぁ？」

「チケット、落とした！」

「……」

「ごめんなさいっ。だから、シュー、早く行って！　ぼくは、ここで待ってるから！」

「落とした…」

野城が呆然《ぼうぜん》と呟《つぶや》く。

「そう。後で、ゆっくり謝るから、とにかく、中に入って!!」

スタジアム内から、ごぉっと地鳴りせんばかりの歓声が湧《わ》き上がった。

たぶん、選手入場だ。

選手のそれぞれが、子どもの手を引いて出てくるところ、あれ一番見たかったのに。

涙《なみだ》が滲《にじ》んだ。

「泣くなって。わかった、おれも、ここにいるよ」

なんと野城が言う。

「だめだよっ！　早く行って！」

「おまえ残して行けるかよ。どっか、テレビでやってるから、それ見ようや」

「これ、あげるよ」

ぼくが何か言うより先に、割り込んで来たのは、とっくに入場の列に並んだはずの楽聖のマスターだった。

マスターの手には2枚のチケットがある。

「は？」

驚《おどろ》いたのは、野城。まぁ、ぼくもだけど、ぼくはまだしも面識がある。

「私、2枚持ってるから、1枚あげるよ」

顔を見合わせている野城とぼくに、マスターは更に言った。

「あ、そうだ、私がきみのを貰《もら》えば」

と野城を見て、

「この2枚は、きみたちにあげられるよ。隣《となり》どうしの連番だよ。肩《かた》を並べて仲良く、見なさい」

「誰、この人」

野城が、もっともなことを訊《き》く。

「大学の近くの喫茶店のオーナー」

ということにしておこう、とりあえず。

ぼくは、とっさに考えた。

今、目の前にチケットは3枚。

マスターは、1枚あればいいと言うし、ぼくらは2枚で入れる。

なんの問題もないではないか!?

理数、無能のぼくにも、このくらいの計算は出来る。

マスターが、なんで2枚持っているのか訊くのは、後にしよう。

たぶん、一人が約束をすっぽかして来なかったとか、混雑で巡《めぐ》り会えなかったとか、そんなところだろう。

マスターの連れになるはずだったのが、まさか孫娘《まごむすめ》……ってことは、野城の元彼女！　と、とんでもないシチュエーションに思い至ったのは、後のことで、そのときは、とにかくキックオフに間に合いたい一心。

釈然《しゃくぜん》としない様子の野城は、ひとまず置いておいて、ぼくは、マスターから2枚のチケットをふんだくるように取り、代わりに野城のをマスターに押しつけて、

「さぁ、急ごうっ!!」

「あ？　う、うん」

野城もぼくの気迫《きはく》に圧《お》され。

ぼくらの後から、のんびり来ているらしいマスターのことは、もはや念頭から去っていた。

もどかしく地団太踏《ふ》みそうな思いで、列に並び前に進み…やっと、入場出来た。

その間にも湧《わ》き立つ歓声《かんせい》。

「なぁ、どういうことだよ、あれ、誰《だれ》だよ」

野城は、まだこだわっていたが、薄暗《うすぐら》い階段を上って、いきなり、カーッと照りつける照明、ぎらぎらと輝《かがや》く芝生《しばふ》の緑。それらが目に飛び込んできたとき、もう言葉をなくしていた。

世界中が、今、この瞬間《しゅんかん》、このスタジアムを息をこらして見つめている！

ぼくらが席に腰《こし》を下ろした瞬間だった、キックオフ！

…間に合った。

それにしても、何という席なのだ!?

目の前、通路で遮《さえぎ》るものなし。

右側通路の角席で出入り自在。

足を組んでも隣りにぶつかる気づかいはない。

前方の通路との仕切り部分に足を伸《の》ばして、ゆったりすることも出来る。

これって、高価なカテゴリー1のシートなんじゃないか？

それを言おうと野城を見たが、野城の目はもう、始まったばかりの試合に釘付《くぎづ》け。

うう…、やっぱ、きりっと男の子っぽいこの横顔好き、って見とれてる場合じゃないでしょ。

ゲームは始まってるのだ。

あら、あららら、本物のカーンさまがっ！　ゴールを守ってらして、お顔の表情まで見えるっ！

カーン！　と叫《さけ》びそうになる。

…って、いけない、野城にあわせて、ぼくはブラジルサポーターなんだった。

「ロナウド――――っ!!！」

野城が絶叫《ぜっきょう》して立ち上がったので、ぼくも立って、

「ロナウドー！」

と叫ぶ。

しかし、いったい何が起こったというのか!?

なんで皆《みな》、叫んでいるわけ？

テレビ観戦のときは、いちいち野城に訊《き》いて、解説してもらったのだが、今は、とても、とても。

野城、すっかり、いっちゃってる目つき。

また何が何やらわからぬうちに、場内総立ち。

「ロナウドー!!」の連呼。

ぼくらの右斜《なな》め前方に、いかにもドイツ人らしい男の二人連れが座っているのだが、彼らは

総立ちの中で、ひっそりと座ったきり。

一方、彼らの隣りにいる、上半身ほとんど裸《はだか》でブラジャーだけ、お臍《へそ》に偽《にせ》宝石を光らせたコーヒー色の肌《はだ》をしたおねーちゃんは、尻《しり》を振《ふ》りたて豊満な乳房《ちぶさ》をゆさゆさavaせて、サンバのリズム。

ということはドイツ不利の、ブラジル優勢ってことだよね。

カーンがんばれー!!

いけ――――っ!!

って、おっ、とっ、と。

ベッカムさまと並んで実はぼくはカーンさまびいき。これって、ヘンだろうか。

ベッカムさまと、カーンさまの二人から口説かれたら、とても困る!

迷い悩《なや》んだ挙句に選ぶのは、ガキ大将が、まんま、おっさんになった風情《ふぜい》のカーンさまのほうだな。

え、趣味《しゅみ》悪いって？　ふん、ほっといて！

って、そーじゃないでしょ。

野城というものがありながら。

こういうのも浮気心《うわきごころ》っていうんだろうか。

そう言えば、野城、ちらっとサンバねーちゃんの、おっぱい横目で見てたっけ。

むかつくー。

…ま、ね、お互《たが》い男のサガってやつで、他《ほか》の花畑に飛んでく蝶《ちょう》にふとなったりもする。

心の中のことだけであるのなら、大目にみましょう。

本音を言えば、ぼくの浮気（心の中だけだよ）には大らかに目をつむってもらい、野城は絶対ぼくしか見ないってのが理想だけど、そりゃアンフェアってもんでしょう。

あ、試合だった。

って、なんか、どうにも経過を摑《つか》みきれないうちに、0―0で前半戦は終わってしまった。

かと言って、ぼくが楽しんでなかったかというと、むろん、そんなことはなく、テレビの千倍、一万倍もの迫力、わからぬなりに血がざわめき、騒《さわ》ぐ。

ブラジルの国旗をスーパーマンのマントみたいに翻《ひるがえ》して通路を全力疾走《しっそう》するおにーちゃんはいるし、なんでだか韓国の古代衣装をまとったおばさんが、テケテケトントコ胸からぶら下げた太鼓《たいこ》叩《たた》いているし。どっちの応援《おうえん》してるんだか。あるいは、韓国敗退の恨《うら》み節か、まさかね。

場内の巨大《きょだい》スクリーンに皇后《こうごう》陛下のにこやかなお顔がアップで映し出されたりするし。

小泉首相《しゅしょう》もどっかに座っているらしい。

韓国大統領ご夫妻、ドイツの首相。

ああ、ワールドカップって本当に世界のお祭りなんだ。

後半戦までの待ち時間は、野城が公認《こうにん》グッズを買いたいというので、階段を降りてショップへ行った。

座席を離《はな》れるとき、後ろの、というかグランドに向かって斜めに傾斜《けいしゃ》している上部のほうの席…本来ぼくらが座るはずだったカテゴリー3のエリアにマスターの姿を探したが、見つからなかった。

野城も気にしているらしく、「どこにいるのかなぁ」と呟《つぶや》いている。

まさか、遅《おく》れて来た孫娘、つまりは野城の元彼女を迎《むか》えにすでに外に出た、とか？

えぇっ。まずいでしょ、それ。

横浜スタジアムで鉢合《はちあ》わせかよ。

せっかく、廃墟喫茶《はいきょきっさ》で決着つけたというのに。

しかし、よくもまあ、あんな大人の女性相手に対等とは言わないけど、ぼくもがんばったも

んだ。

今ごろ思い出して、ドキドキしたりなんかしてるし。

後半戦。

ルールもろくに知らないぼくに、相変わらず試合経過は把握《はあく》しきれなかったのだが、最初の

チャンスはドイツに訪《おとず》れて、ブラジルは押され気味のように見えていた。

が、リヴァウドという選手のシュートを、ゴールキーパー・カーンがミスした様子で、そこ

からブラジルは一瀉千里《いつしや》に勝利への坂道を上り詰《つ》めたようだ。

野城は賞賛し、ぼくはルックスからして正直なところ、あんまり好きになれない（頭に焼き海苔《のり》貼《は》りつけたみたいだし）ロナウドが先制点、追加点ともに決めて、結局、試合は2―0で、ブラジルの勝利だった。

野城は、椅子《いす》の上に飛び上がり、絶叫した。

そして、……

優勝が決まった次の瞬間、夜空から、次から次、湧き出るように千羽、万羽の鶴《つる》。

息を呑《の》んだ。

色とりどりにきらきら、きらきら光りながら、銀の短冊《たんざく》と共に、くるくると無限に舞《ま》い降りて来る。

しばし、野城とぼくは無言で空を仰《あお》いで、無数の奇跡《きせき》のように夜空から光の粒子《りゆうし》のように湧き上がる鶴の群れを見つめていた。

思わず差しのべた手のひらに舞い降りた鶴が一つ。

ぼくは、更《さら》に欲しくなり、宙に手を泳がせて、鶴を次から次に、すくい取った。

金、銀、ベージュ、白、赤、ブルー、オレンジ、ピンク、イエロー…。

鶴の形をした色彩《しきさい》が、ぼくのショルダーに溢《あふ》れた。

「あれっ？　カーン、泣いてるのかな…」

野城の声に、グラウンドを見ると、遠目なので涙《なみだ》は見えないのだが、確かにカーンは〝泣いて〟いた。

のちにテレビの画面で確かめたとき、カーンの泣き顔など、どこにも映ってはいなかったけれど、ぼくらが見たほんの瞬間《しゅんかん》、カーンは体全体で〝号泣《ごうきゅう》して〟いた。

涙を流したのかどうか、という次元ではなく。

ぼくらはスタジアムに佇《たたず》んだカーンから、噴《ふ》き上げるような感情を感じとっていた。

全力を賭《か》けた闘《たたか》いに敗れた男の、凄《すさ》まじい孤独《こどく》感と己《おのれ》への怒《いか》り、絶望、悲しみ。

カーン、敗れはしたが、あなたの野生の熱さを、ぼくは忘れはしない。

強い男のふと垣間《かいま》見せるもろさと、頼《たよ》りなさ。いとしくて、抱《だ》きしめたくなる。

野城に抱《いだ》くぼくの感情にも似通うものがある。

ワールドカップよ、ありがとう！

この巨大な祭りのさなかに、野城という男に巡《めぐ》り会い、今、ここに手を携《たずさ》えて、いる。

外に出ると雨が落ち始めていた。

祭りのあとは、しんしんとさびしい。

野城もぼくも言葉少なく、歩いている。

出口でマスターを、しばらく待ってみたが、いっせいに開いた傘《かさ》が視界を遮《さえぎ》って、よけい見

つけることは困難だった。

そのかわり、ぼくらの斜め前方に座っていたドイツ人の二人連れを見かけた。

ブラジルサポーターたちの歓呼《かんこ》の声の渦巻《うずま》きのただ中を、淡々《たんたん》とした面持ちで歩いていた。在日なのか、それとも明日、母国に帰るのか。

道路の一隅《いちぐう》にひときわ明るいライトがともっていて、見るとテレビの中継《ちゅうけい》か録画中らしい。レポーターの喋《しゃべ》っているのは、中国語らしく、たまたま周辺には人だかりもなく、野城とぼくとはレポーターの脇《わき》で、ピースサインをした。

香港《ホンコン》か台湾《たいわん》のテレビに、ぼくらの姿が映っているかもしれない。

しかし、誰《だれ》もぼくらが恋人《こいびと》どうしとは、思わないだろうな。

アーユルヴェーダ
「おんぶしてやろうか？」

遅れがちについて行くぼくを野城が振《ふ》り返った。

「え、いいよー、そんな、みっともない」

ワールドカップの翌日のことである。

ぼくは、痛めた脚《あし》をひきずっている。

昨夜の不慣れな全力疾走で、筋肉が悲鳴を上げている。

ただでさえ、脚の長さが違うので気がつくと、野城が先を歩いていて、小走りにぼくが後を追う。

痛む足をかばって歩いていると、尚更《なおさら》で野城の歩調と大幅《おおはば》にずれて来る。

ちょっと考えてくれて、歩調を合わせてくれないかなぁと先を行く野城の背中を、ちょっとすねた気分で見ていたら、野城が振り返り、戻《もど》って来た。

「ほれ、乗れよ」

かがんで背中を向けた。

「ぼくを背負って、こんな通りを歩く気？」

「うん」

ぼくらの向かっている先は廃墟喫茶店《はいきょきっさてん》「楽聖」だった。

手土産《てみやげ》は各色の折鶴だった。鶴にはFIFAという文字やら June 30、2002の日付が入っている。

ぼくたちのチケット――『レベル1、ブロックE1、列19、シートナンバー41と42』――を贈《おく》ってくれた人が、こんな手土産を喜んでくれるかどうかわからなかったが、とりあえず、ぼくたちに出来るお礼というのはこれぐらいしか思いつかなかったのだ。

野城に楽聖のマスターの素性《すじょう》を話すとき、野城の元彼女との経緯《いきさつ》を話さざるを得ず、野城はやはり、そのことでかなりぼくに負い目を感じたようだ。

おんぶ云々《うんぬん》は贖罪《しょくざい》のつもりなのかな…。

脚がつらいのは事実だし、ぼくは申し出を受けることにしたのだが、やはり人が見て通り過ぎる。

お母さんに手を引かれた3歳ぐらいの女の子が「おにいちゃん、おおきいのに、おかしいねー!」と言うので、こっそりあかんべをしてやったら、怯《おび》えてお母さんのスカートをつかみ、後ろに隠《かく》れてしまった。

ごめんね。

しかし、野城のがっちりと広い背中で揺《ゆ》られているのは心地よかった。

首筋に汗《あせ》がうかんだりして、いとおしいったらありゃあしない。

「んしょっ」

ぼくを降ろして楽聖の前に佇んだ野城はさすがに、驚《おどろ》いたようだった。

まるで廃墟だよ、と伝えてはあったのだが、ここまでとは思わなかったようだ。

「中、もっと凄《すご》いから」

とドアを開けたのはぼく。

すると暗がりに、線香《せんこう》の匂《にお》いと共にチーンと鉦《かね》の音。

野城と、顔を見合わせていると、「おや、いらっしゃい」

マスターが振り返って、ぼくらを見た。

ドアのきしむ音で気づいたらしい。

「亡《な》くなった親友なんだよ…」

と、ぼくらの視線を感じたのか、マスターはテーブルの上の写真に視線を戻した。

マスターはその写真に向かって手を合わせていたのだ。

詰襟《つめえり》の学生服を着た若者だった。

「今日は、お礼にうかがったんです」

ぼくがそう言うと、マスターは、お辞儀《じぎ》した野城に視線をやって、

「彼がきみの恋人なのかな？」

野城もぼくも、絶句した。

話を聞けば孫娘《まごむすめ》こと、野城の元彼女から経緯を聞いたとのこと。

そりゃあ、孫娘とそれよりうんと年下の小僧《こぞう》っ子がなにやらわけありげに向かい合って、修羅場《しゅらば》っぽい雰囲気《ふんいき》を漂《ただよ》わせていたなら、お祖父《じい》ちゃんとしては、なにごとだい、と訊《き》きたくもなるだろうが。

普通《ふつう》、お祖父ちゃんに喋るか、こんなこと？

しかし、ばれちゃったものは仕方がない。

「チケット本当にありがとうございました」

改めてお礼を言うと、

「ふしぎな巡り合せってやつなんだよねぇ。…座って。今、コーヒーを——」

いえ、結構ですという間もなく、マスターは支度《したく》を始めた。

「ふしぎな巡り合せって、なんなんですか」

訊《き》いたのは野城だ。

「まず、あの広いとこで、きみに（と、ぼくを見た）再会したこと。次にきみたちが、男どうしのカップルであったこと」

「……」

「昨日があの友人の命日でね」

とマスターは遺影《いえい》に顔を向けた。

「私、スポーツ好きだった彼に試合を見せたくて、写真と一緒《いっしょ》に競技場に行ったんだ」

え、じゃあ、2枚のチケットのうち1枚は…。

「そう、彼の」

マスターは、友人の席は空白のまま、観戦するつもりだったようだ。

野城が、

「すみませんでした、そんな貴重なチケットを」

ぼくが謝るべきところ、野城が頭を下げてくれた。

「いや、いいんだよ。藤木《ふじき》が、よろこんでくれたと思う」

藤木というのが、亡くなった親友の名前らしい。

「藤木さんって、いつお亡くなりに…」

と訊いたのはぼく。

するとマスターは、

「26の歳だったから、さあ、もう何年…何十年前になるのかな。彼が死んだのは、私の結婚《けっこん》式の前夜だった。自殺だった」

淡々と言うが、ぼくと野城とは目を見合わせて、驚いている。

「私は長い間、彼の自殺の意味がわからなくてね。ずっと、そのことを考えてたんだ。それが、ある日、あっとわかったんだね。彼、私を愛しちゃってたんだな」

マスターは、そこで言葉を切り、ぼくらも黙《だま》っていた。

薄暗《うすぐら》い店内にようやく馴染《なじ》んだ目で遺影を改めて見ると、濃《こ》い眉《まゆ》が意志的な整った顔立ちだった。

「愛という観点から記憶《きおく》を辿《たど》ると、彼が私を見るときの目の色、どうかした瞬間《しゅんかん》に身体《からだ》が触《ふ》れると、彼が赤くなったこと。もろもろ、よくわかるんだね。切ない目の色をしたやつで、そういう性格なんだと思い込んでいたんだが、切なさは私ゆえだったんだ。

なんて残酷《ざんこく》なことを私はしたんだろうね。

彼の想《おも》いにはまったく気づかずに旅行に誘《さそ》ったり、風呂《ふろ》に肩並《かた》べて入ったり、ときには同じ布団《ふとん》で寝《ね》たりしてたんだよ、無邪気《むじゃき》に。

私の気まぐれなわがままも、そうか、そうかと聞いてくれて、それを友情のゆえだと、私、思い込んで疑わなかったんだからね。――そして私の結婚式に呼んだ。友人代表で祝辞を頼《たの》んだ」

言ってマスターは、つかの間、痛みに耐《た》えているような表情をうかべた。

ぼくが、もし野城の結婚式に呼ばれたら…。祝辞を頼まれたら…。

「だからね…。きみたちと巡《めぐ》り会ったとき、ああこれは啓示《けいじ》だと思ったんだよ。実らなかった彼の恋《こい》のかわりに、恋人同士として結ばれたきみたちが、目の前に立っていた」

黙って、耳を傾《かたむ》けていた野城が口を開いた。

「もし、当時、その人の想いに気づいていたら、どうしたと思いますか？」

マスターは、ふっと微笑《びしょう》をうかべ、

「困惑《こんわく》しただろうな」

そう言い、

「それでも女房《にょうぼう》とは、結婚したと思うよ。見合いだったけど、気に入ってたからさ。…けど、彼の心を知っていたら、もっと違《ちが》う向き合い方ができてたと思うんだ。

ひょっとしたら、一夜ぐらいは枕《まくら》を交《か》わしたかもしれないし。

そういうことを想像してみたんだが、ちっとも、いやじゃないんだね、彼となら…。枯《か》れてしまった今だから率直に言えることなんだが」

コポコポとコーヒーがサイフォンで沸《わ》き立っている。

どうやら今日は暖かいコーヒーにありつけそうだ。

マスターは軽い吐息《といき》と共に口を開いた。

「命まで賭《か》けて、自分を愛してくれる相手にこの世で巡りあうなんて、そりゃあ奇跡《きせき》だもの。彼が死んだとき、私は号泣したからね。女房のときは淡々《たんたん》と見送ったんだが。まあ、若いがゆえの過剰《かじょう》な感情ってのもあるし、女房を見送ったのは、歳《とし》がいってからだから、一概《いちがい》には言えないけどね。

いまだに、女房に気兼《きが》ねして、家で彼の遺影を祀《まつ》ることもできないから、女房を大事に想う気持ちもまた真実。

ワールドカップの決勝戦が彼の命日だって知ったとき、よし、これに彼を連れて行って、彼へのお詫《わ》びにしようと考えたんだよ」

遺影に目をやると、マスターの供えた折鶴《おりづる》が微《かす》かに動いたような気がした。

「彼には、はやばやと逝《ゆ》かれ、女房も見送り、思うことは人間死んじゃったら、結局骨だってことだよ。

男も女も関係ない。

たった一つ、確かなことは、誰《だれ》かを愛するってこと。その誠実さ。それだけだね」

そして、改めてぼくたちを見た。

「きみたちは、しあわせになりなさい」

その週の末尾《まつび》に、野城とぼくは軽井沢にいた。

野城のお祖父ちゃんの代からの別荘《べっそう》があり、そこの風通しや掃除《そうじ》を定期的にすることが野城のバイトだった。

「せこいよなー、おれの親もなー。業者を頼んだら、カネどうせかかるしさぁ、おれを働かせりゃ、どうせ渡《わた》さなきゃならない小遣《こづか》いで済むんだからさぁ」

しかし、軽井沢に向かう「あさま号」の中で、野城は上機嫌だった。

ぼくが一緒なので、一泊《いっぱく》旅行の気分であるらしかった。

「でも、ぼくなんかが勝手に泊《とま》り込んじゃっていいのかな」

そう訊くと、

「女を連れ込んじゃいけないとは言われてるけど」

そして、ぼくのおでこをつついた。

「これなら、何の問題もないでしょ」

朝夕はけっこう肌寒《はださむ》いかもと言うので、ショルダーに丸めて突《つ》っ込んだ替《か》えの衣類は、すでに初秋っぽい。

いつもは無地のシャツを無造作に着ている野城だが、今日は珍《めずら》しく若草色のチェック地だ。パンツは相変わらず七分丈《たけ》ので、にゅっと突き出た脚《あし》がまっすぐで外人っぽい。

ぼくのシャツはブルーの、ちょっと目には無地っぽく見えるギンガムチェックの生地に、ヨットが幾《いく》つもプリントしてあるの。

あ、ええ、はい、野城とチェックを共通させて、さりげないペア感を演出してみました。

別荘の玄関《げんかん》に野城が脱《ぬ》ぎ散らかした靴《くつ》を自分のと並べて、つま先をドアに向けて揃《そろ》える。

自分の靴の傍《かたわ》らに、一回り大きな靴がある…。

ああ寄りかかれる恋人が出来たんだなあと、改めて実感した。

建物は一度建て替えたとかで、思ったほど古めかしくはなく、しかし、一間一間がゆったりと広く、天井《てんじょう》が高い。

樹木が密生しているので、空気すら、ふと緑の色に染まって見えるような庭。そこに面したウッドデッキは、信望学舎の二人部屋が三つほども納まるような広さ。

だが、玄関の扉《とびら》を開けたとたん、むっと湿気《しつけ》に包まれて、霧《きり》の多い土地柄《がら》の建物は、なるほど風通しがまめに必要なようだ。

まだ脚が痛むぼくは、野城には止められたが、一緒にあちこちの窓を開け放ち、布団を干したり、板張りの床《ゆか》にモップをかけたりした。

野城が梯子《はしご》で嬉々《きき》とした様子で屋根に上がり、樋《とい》に詰《つ》まった枯葉を掃除している間、ぼくは、バスルームのタイルを洗った。

が、少し張り切りすぎたようだ。

ワールドカップの夜に痛めた脚が、ひきつったようになってしまった。

バスタブの縁《ふち》に座って脚をさすっていたら、野城が缶《かん》ジュースを手に入って来た。

「飲む?…あれ、どうした?」

「うん、ちょっと、脚が。でも、だいじょうぶ」

「見せてみ」

野城はスポーツマッサージだと言って、揉《も》んでくれたのだが、やたらに痛くぼくは悲鳴を上げた。

「ちょっと休んでろよ」

と、野城は言ってくれたが、彼が立ち働いているときに、怠《なま》けているのはいやだ。退屈《たいくつ》だし。居間で暖炉《だんろ》の際《きわ》のソファに腰《こし》を下ろして食器棚《だな》の中の銀器を磨《みが》いた。湿度が高いので、どれも薄《う》っすらと黒みを帯びている。

研磨剤《けんまざい》をクロスにつけて、シュガーポット、トレイ、スプーンやナイフ・フォーク大中小、込み入った飾《かざ》りのついた燭台《しょくだい》…などなど、ずぼらなところもあるくせに、のめり込むと凝《こ》り性《しょう》になるぼくは、曇《くも》った銀の表面に息を吹《ふ》きかけたりなどしながら、しゃかりきに磨き立てたのだった。

野城が、「おい、やり過ぎると、肩がパンパンに張るぞ」と忠告にやって来たときは、遅《おそ》かった。

首筋から肩にかけて、痛いほどにしこっていた。

あーあ、脚に加えて、なんてこった。

「みてみー、休んでろ言うたやん」

野城に叱《しか》られて、今度はおとなしく休憩《きゅうけい》させてもらうことにした。

ぼくがこの建物の中で、一番気に入っている部屋が、野城が子どもの頃《ころ》に兄弟の部屋として使っていたという客用寝室《しんしつ》で、今でもシングルベッドが二つ置いてある。

1階のこの部屋が気に入っているのは、窓の外の木立を縫《ぬ》って、小さな川が流れていて、さらさらとせせらぎの音が聞こえているからだ。

水は澄《す》み切っていて、周囲の木の緑をくっきりと映している。

庭に小川が流れてるなんて、すげー。

初めて泊《と》まる宿泊客《しゅくはく》は水音が耳について眠《ねむ》れないこともあるそうだが、ここにはぼくの見知らぬ野城の子ども時代がある。

それだけで安らぐ。

ベッドの一つに横たわって、ダブルベッドでないのが残念だなぁなどと、不埒《ふらち》なことを考えている。

野城とは、不首尾《ふしゅび》に終わったあの一件以来性的な接触《せっしょく》はないが、今夜はただ抱《だ》き合って眠りたい。

眠りたい…と考えているうちに、いつしか、まどろんでいた。

なんだか不思議な匂《にお》いがしてるなぁ…と夢うつつに思っていると、匂いはしだいに濃《こ》くなって来た。

目を覚ますと、野城がさっき、ぼくが磨き上げた銀の水差しを手に枕もとに立っていた。

植物とも果物とも判然としない匂いは、水差しから立ちのぼっているようだった。

「脚、出してみ」

野城が言う。

「え、なんでよ」

「インド式マッサージしてあげるよ」

「はぁ？」

「オヤジが、インドから面白《おもしろ》がって買って来たアーユルヴェーダの薬液があったの思い出したんだ。誰も使わないんで残ってた」

野城は一方のベッドのベッドカバーをてきぱきと剝《は》いで、シーツの上にバスタオルを敷《し》き詰めている。

「アーユルヴェーダって、なに」

「だから、インド古来のマッサージで、薬液を額や頭に垂らしたり、身体《からだ》に塗《ぬ》って血行を促進《そくしん》したり筋肉をほぐしたり…。さ、用意出来た。こっちのベッドに来いよ」

来いよ、って言われても。

「えーっ、また痛いのいやだよ？」

「いいから来い、って」

しぶしぶ、ぼくはバスタオルを敷き詰めたベッドに移り、言われるままに仰《あお》向《む》けになった。

野城が、合掌《がっしょう》した。

「では、これからアーユルヴェーダ、始めるある。ズボン下ろしなさ〜い」

「なんでー」

「油やから、汚《よご》れるねん」

ぼくはトランクス姿になる。

上を着たままなので、なんかお間抜《まぬ》け。

「油って…?」

と聞き返す間もなく、じわっと温かな感触《かんしょく》が膝下《しっか》の皮膚《ひふ》にしたたり落ちた。

野城の手が、薬液とやらを肌《はだ》に伸《の》ばして行く。

「ほげぇ〜、きもちいい…」

「あ、ほんと?」

「あ、ほんとって、シュー、やったことないの?」

「ない。我が家では誰《だれ》も。きみが初体験者」

「なんだよー。ぼく、モルモットかよー」

しかし、滑《すべ》りのいい温かい液体で、脚を撫《な》でさすられると、ぼうっと頭が霞《かす》む。

「…けど、ふしぎだよねぇ。なんで、こんなに、あったかいんだろう」

すると野城は、

「鍋《なべ》で、温めたからだよ」

アラ、なんだ。

「適正温度150度にいったん熱して、それから人肌よりもやや高めに冷ます、って説明書にあったけど、温度わかんねーし、適当にやった」

ベースはセサミとオリーブから抽出《ちゆうしゆつ》した、一番絞《しぼ》りの純粋《ピュア》なオイルで、それに、種々のハーブの成分を溶《と》け込ませているそう。

リンパの流れをも、よくするそうで、薬液の温度に呼び覚まされるようにして、じわじわと皮膚の底からも、心地いい熱が滲《し》み出て来る。

言われるままに、シャツも脱《ぬ》いで、首筋、肩《かた》と、さすって貰《もら》う。

眠くなる。

桃源郷《とうげんきよう》に魂《たましい》が飛んでる感じ。

耳たぶは神経系、消化器系、足の裏は疲労《ひろう》回復のツボなのだそう。

野城の手が、再び脚《あし》に戻《もど》り、腿《もも》まですすり上げて行く。

脚のつけ根が押される。

「うぅ…」

全身がほどけていく。

「これも、取っちゃえよ」

と野城がトランクスに手をかけても、もう、どうとでもしてくれ、この身お預けします、という心境。

野城はずいぶん、丹念《たんねん》に時間をかけて、ぼくの全身をマッサージしてくれた。

野城の手はヒップに移り、動きに、いつしか性的なニュアンスが添《そ》うのを、僕は感じ、目を覚ました。

ハーブの薬液に潤《うるお》った野城の指が、ためらいがちに滑《すべ》り込んで来たが、なんの抵抗《ていこう》感もない。

いや、微《かす》かな声が洩《も》れるくらいの、心地よさ。

指がもう1本増えた…。

それでも、そこはするすると指を受け容《い》れた。

前後される指の動きに、粘膜《ねんまく》がしだいに微妙《びみょう》な反応を示し始める。

くすぐったくて、しかし、そのくすぐったさが快感でなくもなく、なんだか、もどかしい。

指が、抜《ぬ》き取られた。

野城が脱いでいる。

ぼくは、身体《からだ》をずらし、野城が横たわれるスペースを作る。

野城が仰向けに横たわった。

野城が望んでいることが、わかった。

オイルを指先ですくい取り、手にのばし、野城のやわらかな茎《くき》に触《ふ》れる。

両手で包み込むように、さする。

窓の外のせせらぎを聞きながら、どのくらいの時間が経《た》ったのか。

野城の茎は、ゆったりと重たげに勃《た》ち上がり始めていた。

しだいに、先端《せんたん》が張りつめて、艶《つや》を帯びて来た。

ぼくは、野城のお腹をまたぐ体勢をとり、野城の茎を、自らにあてがった。

野城の茎に片手を添えて、何度かそこら辺りをさまよいながら、するっと、先端が入る感触があり、ぼくは、一瞬強張《いっしゅんこわば》った。

だが、苦痛はない。

思いきって、僅《わず》かに腰《こし》を沈《しず》める。

首をひねって確かめてみると、野城の茎の先端三分の一ほどが、すでにぼくの体内にあった。

野城が、今、自分の中にいるのだという、その激しい歓《よろこ》び。

野城は目を閉ざし、かすかに開いた唇《くちびる》から、

「あー…」

吐息《といき》のような声を洩らした。

ぐっと一気に腰を落とした。

根元まで、入った。

…だいじょうぶだ。

ぼくは、腰を浮《う》かせ、また沈め、再び浮かせては腰を落とし…。

野城の手が、ぼくの突起《とっき》に触れ、動かす。

前の突起に快感が湧《わ》き立ち、すると、後方の感覚もいきなり変化して、悦楽《えつらく》に近くなった。

こういうことだったのか…。

ああ、これだったのか、としだいに増してくる快美感に頭をかすませながら、ぼくは男同士の性の秘密のいったんを垣間《かいま》見ていた。

野城が、ぼくの腰を両手でつかんだかと思うと、ぼくを抱《だ》いたまま横に倒《たお》した。

野城の茎が外れそうになり、ぼくはそこを引き締《し》める。

引き締めたとたん、野城がうめく。

「あぁ、それ、気持ちいいよぉ…」

結合したまま、ぼくらはベッドで向かい合い、抱き合う体位《ラーゲ》になっていた。

男と男が、こんなにも自在でしなやかな形で抱き合えるとは。

古来、幾多《いくた》の男同士のカップルが行って来たそのやり方をぼくたちは、ようやく学習しつつあるようだった。

野城はぼくに接吻《せっぷん》したまま、ぼくを fuck していた。

ハーブの匂《にお》いが、辺りにより濃《こ》く立ち込める。

野城は、いったん抜き取ると、ぼくの体内に新たな薬液を塗りこめ、自らの先端も潤した。

ぼくは、野城に、うつぶせにされる。

耳たぶを軽く噛《か》まれたのを合図のようにして、後方から野城は衝《つ》いて来る。

野城が動くと、はずみで彼の陰嚢《ふくろ》が、ぼくの尻《しり》を打つ。

同性相手の性の、その動き方をいったんのみ込んだ野城は、性を熟知した男の余裕《よゆう》すら見せて、ぼくを組み敷《し》く。

ぼくは入れられながら、自身を弄《もてあそ》び、前後双方《そうほう》の感覚の混交がもたらす凄《すさ》まじい感覚にほとんど叫《さけ》びに近い声を洩らしている。

そこに、野城が時おりつまんでくれる乳首《ちくび》の鋭《するど》い感覚が加わるのだった。

野城はぼくを衝きながら、ぼくの腹に両手を差し入れ、ベッドの下方にずらして行く。挿入《そうにゅう》したまま、野城は床《ゆか》に降り、ぼくの尻を高々と持ち上げて、その角度からぼくを攻《せ》め立てた。

あと一歩で、苦痛へと転化するのではなかろうかというほどの、あまりにも過激な快感に、ぼくはほとんど悲鳴を上げている。

昔から寝屋《ねや》で「死ぬ」と口走って来た女たちの髪《かみ》も逆立つほどの快感を、ぼくも手に入れたのか。

確かに性の極《きわ》みは死に似通っている。

性も死も両端《りょうたん》は輪になって連なっているのだろうか。

あるいは、これは男同士にのみ許された快楽なのか。

ぼくを喘《あえ》がせ、叫ばせ、あられもなくさせて、自信を得た野城は、ぼくに君臨する支配者となった。

この気も狂《くる》わんばかりの快楽。

もっと、もっと、ください。

ぼくは、後ろから衝かれながら、急激に満ちて来たのを感じる。

「出るよ、ねぇ、出るっ！」

触れもしないのに、ぼくの器官は、液をおびただしく飛ばし、野城は、低く唸《うな》りながら、ぼくの腹を支えた手に力がこもって、爪《つめ》が食い込まんばかり。

「い、く」

野城がうめき、ぼくは、初めてその感覚を体内で受け止めている。

男の精が、何度も、噴出《ふんしゅつ》しはじけ散る、その感覚を。いとしい男の、命の根源が、飛沫《しぶき》となって体の奥深くを撃《う》つのを、目を閉ざして味わい、受け止めている。

野城は、ぼくの背中にがくりと顔を伏《ふ》せ虚脱《きょだつ》し、それでも、まだぼくの体内の茎は硬度《こうど》を失いきってはいない。

それが、徐々《じょじょ》に柔《やわら》かく可愛《かわい》く縮まっていくのを感じながら、ああ、こんな微妙な感触《かんしょく》まで体内で察知できるのか…と、ぼくは野城が、ひたすらいとおしく、事後の余韻《よいん》の中を漂《ただよ》っている。

…しかしながら、野城とぼくとの結合がなだらかであったのは、古代インドより伝わるアーユルヴェーダのお蔭《かげ》だけではないだろう。

二人で分かち合った、ワールドカップ、ファイナルの昂揚《こうよう》と、祭りの後の寂寞《じゃくまく》。

楽聖のマスターとのふしぎな巡《めぐ》り会い。

それらの出来事により、ぼくたちは自然に相手に対して心を深く開いていったのだと思う。

心が過不足なく寄り添《そ》ったときに、互《たが》いの肉体が自然に呼び合い、溶《と》け合った…。

翌日、別荘《べっそう》を濃い霧《きり》が包んだ。

ぼくらはマスターへのお土産《みやげ》のブルーベリージャムを買いに、万平ホテルに出かけた。

その帰り道のことだ。

霧が消え残る小道を自転車で来る若者がいて、通り過ぎる瞬間《しゅんかん》、なにげなく見たその顔に息を呑《の》んだ。

藤木、さん…。

あの写真の顔に酷似《こくじ》していたからだ。

あっ、と振《ふ》り返ったとき、自転車はもうゆるいカーブを曲がり、落葉松《からまつ》や白樺《しらかば》の木立に、見《み》え隠《かく》れしながら、やがて見えなくなった。

我に返ると、野城も立ちつくして銀輪の消えた方向を見ている。

ややあって、野城はぼくのほうに顔を向けたが、何も言わない。
ぼくらは、それから霧が薄《うす》らぎ日が差し始めた小道を歩いたのだった。
言葉は交《か》わさぬまま、手を、固くつないで。

あとがき

初めてお目にかかります。

って、こんなこと言わなくてもルビー文庫の愛読者なら、こいつ新人だわって一目瞭然《いちもくりょうぜん》ですよね。

初めてルビーを手に取る人なら、どんな作家だって初めてなわけだし。

ルビーのあとがきの特殊性《とくしゅ》ってやつに、ちょっと実はびっくりしてるんですね。

だって、ほとんどメールみたいで。

それだけ読者と作家との個人的つながりが濃《こ》いジャンルなんですか？

とにかく私、杉《すぎ》、えっとなんて言うんだっけ？　あ、昌樹《まさき》だった……。あ、いえ、マジにまだ自分の名前、覚えてないの。

ペンネームですけど。

テレビドラマとか小説とか、ぼちぼち他《ほか》の名で書いちゃいるのですが、まだそれで一本立ちできるほどじゃない、っていうか、暮らしは成り立つんだけど、貧乏《びんぼう》しちゃうんで、別に仕事、持ってます。

うんっと、バーの雇《やと》われマスターなんです。

バブル期に遡《さかのぼ》るんだけど、進学問題で親と喧嘩《けんか》して、私、家を飛び出しちゃったんだ。で、頼《たよ》った先が兄貴の元嫁《よめ》のとこ。つまり、私にとっては元義理の姉さんとこ。兄貴とはうまくいかなかったけど、私とは妙《みょう》に気が合って、兄貴との結婚《けっこん》生活にピリオドが打たれた後も、付き合いが続いていたりなんかしてたわけです。

兄貴の元嫁が、暮らしの手段として選んだのがカウンターだけの小さな酒場経営。この酒場が実は、2丁目男街の近くなんですね。

そこに手伝いで入った私、昼間は学校に通い、夜はカウンターの内側で酒作ったりしてるうち、どうもオミズの素質に恵《めぐ》まれていたのは私のほうだったようで、私のほうが客受けがよくって、お金もけっこう入って来るようになって、そしたら、元兄嫁は「××ちゃん（私のこと）に、まかせたわ〜。しっかりお稼《かせ》ぎ〜」って、本人は資本家のぐうたら生活やってます。私は私で、元義理姉に搾取《さくしゅ》されながらも日々が楽しくて、毎晩未成年の身で飲んだくれて、いえ、お酒を作ってはお客様をもてなしていて、それが成人式をほんのちょっとだけ過ぎた今も（あ、嘘《うそ》こきました）続いている、という……。

店のほうのバブルも終わったけど、常連のお客さんたちが定着しちゃってるので、暮らしはなんとか、だいじょうぶ。

場所柄《がら》、お客にはゲイの人も多い。ゲイなんだけど、もろ2丁目に行くのはいや、ちょっと外れたとこがいいって人たちがいつの間にか集《つど》い始めて。客筋も、恋《こい》の相手が女であろうと男であろうと、別にぃ、気持ちよけりゃいいんじゃない？　っていうアナーキーな人たち（むろん女性客もいるよ）が多くなり、なんかわけわかんないなりに店の雰囲気《ふんいき》ってのが出来上がって今に到《いた》る、です。

で、ある日、「ももりんご」（仮称《かしょう》）の扉《とびら》を押して入って来たのが、柊一と友也のモデルになったカップルなんですね。あ、仮称「ももりんご」ってのは店の名前で、まあ仮称じゃないほうの店名もフルーツ系です。

商売柄、あ、この人ゲイだな、とかバイだな、とか、あ、レズビアンのネコちゃんだな、とか、わかるんだけど、柊一のほうに、どうもその匂《にお》いがなくて、しかし、友也とは絶対デキてるゾ〜という雰囲気が濃厚《のうこう》で、他に客がいなかったせいもあり、あれこれ聞き出してしまっちゃったんですね。彼らとの出会いは彼らが社会人になってからなんですが。

カップルで常連になってくれたので、少しずつ彼らの愛のヒストリーを聞いているうち物語が頭の中で組みあがって来たんです。でも、基本設定は彼らから取ってますが、私の妄想《もうそう》によるフィクションが相当入り込んでるし（ワールドカップなんかの、くだりね）、人物像も実在の彼らのままでは、むろん、なく、何人かの人物の合成だったりもします。

柊一のモデルの原型になった人はゲイではありませんが、かといってバイかなぁ、というとそうでもない、という……。まぁ強《し》いて分類するなら、たまたま男もだいじょうぶだったストレート？　あるいは、超潜在的《ちょうせんざい》ゲイ？　いや、人の心は複雑微妙《びみょう》で、自分はストレートだと思い込んでいても、「ある日、突然《とつぜん》に」同性に走っちゃったりするんで、だから分類は無意味なのですね。

女好きでどうしようもなかったのが、ある日、「おれさぁ、ゆうべ男とやっちゃったよー」とか告白したりするんですよ。

「え、え。なに、どういうスケベなことしちゃったのかな、このこの！」

とか私、根掘り葉掘り聞いちゃうんだよね。店って非日常空間だから、話すほうも相当突《つ》っ込んだレポートをしてくれる。誰《だれ》かに聞いて欲しいんだけど、まさか普段《ふだん》の暮らしでは話せないってたぐいのこと、しょっちゅう聞いていて、耳だけは、やたら経験積んじゃったんですワ、私。男のお客さんに誘《さそ》われて、ふらっとその気になって、ちょっとだけ自らも、おっとっとな経験しちゃったことも……ないではないし。あ、言っちゃたし、わはは。

柊一と友也のモデルになった二人連れに興味をそそられて物語を組み立てているうち、お客の一人が、某《ぼう》雑誌の編集者さんなんですが、その人にちらっと話してみたら、ルビー文庫の人を紹介《しょうかい》してくださったんです。で、めでたく出版にこぎつけたわけなんですね。

書くにあたって気をつけたことは、ベッドシーンが嘘っぽくならないこと、かな。あれこれ耳学問していて、また自分も男で、ちょこっと実態は知ってたりなんかするもんで、かなり現実に近い形でのメイキングラブを登場人物たちにはさせられたかも、とその点だけは自信があるんだけど。

柊一と友也には（って、現実の名前は違《ちが》うけど。でも、語感がちょっと似てる）小説化の許可は取ってあります。お礼はボトル1本。ボトルっていうと聞こえはいいけど、韓国《かんこく》の焼酎《しょうちゅう》。これの緑茶割りがこの界隈《かいわい》じゃ、今、流行《はや》ってるの。

彼らが読後、なんて言うかわからないけど。なんかクレームがついたら、発想のモデルにしただけで現実のきみたちとは当然違うよー、と切り返そうと思ってるけど。

まぁ、自己紹介と作品の成り立ちは、こんなとこでございます。

「フジミシリーズ」の私は愛読者なんですが、その挿絵《さしえ》を担当してらっしゃる後藤星《ごとうせい》先生が、よもやこんな新人に画《え》を描《か》いてくださるとは望外のことでした。担当の藤谷《ふじたに》さん、実はサッカー音痴《おんち》な私のために、資料をてきぱき、きっちりと揃《そろ》えていただいて、ありがとうございました。

音痴なりにファイナルの取材はきちっと足を運んでしましたさかい。作品中のチケットの座席ナンバーは、私が現実に手に入れたものです。

読んでくださったあなたには、お礼は申し上げません。

文字面《づら》だけの感謝では伝えきれないほど、あなたとのご縁《えん》を、ありがたく思っているからです。あまたある作品群の中から、とりあえず、この本を手にとってくださったわけで、本当に私、何も言えません……。

楽しんでいただけたならよかったのですが。

では……

また、なのか、これでさようなら、なのか、今のところわかりませんので、結びのご挨拶《あいさつ》も省かせていただきますね。

いい恋をしてください。

9月の雨に降り込められて暇《ひま》な店内にて

杉 昌 樹

KADOKAWA RUBY BUNKO

この夏《なつ》、突然《とつぜん》に

杉《すぎ》 昌樹《まさき》

角川ルビー文庫 R90-1　12687

平成14年11月1日　初版発行

発行者——井上伸一郎
発行所——株式会社角川書店
東京都千代田区富士見2-13-3
電話/編集(03)3238-8697
営業(03)3238-8521
〒102-8177 振替00130-9-195208
印刷所——旭印刷　製本所——コオトブックライン
装幀者——鈴木洋介

ISBN4-04-448301-9　C0193　定価はカバーに明記してあります。

第3回 角川ルビー小説賞受賞作発表！

2002年3月末日締め切りで募集した「第3回角川ルビー小説賞」の受賞作がついに決定いたしました。多数の応募の中から受賞の栄光を手にしたのは以下の3作品です。おめでとうございます！

大賞　該当作なし

優秀賞&読者賞　「夢でも逢いましょう」

葛城しずか（東京都）

ストーリー

バスケ部でマネージャーを務める槙野素《すなお》は、ある日突然、憧れのキャプテン・暸一とキスする夢を見る。なぜか暸一も同じ夢を見たと知りふたりは驚くが、次の日の夢ではなんとエッチまでしてしまう！　それ以来、夢の中でばかりどんどんエスカレートしていく行為に困惑する素だが、創立記念祭で悪ノリした部員達に、暸一がお姫様役をやらされることになってしまい……。

受賞者のコメント

今回は、受賞との連絡をうけて、吃驚しました。本当に、ありがとうございます。とても、とても、嬉しいです。これもひとえに、今まで私を支えてくださった、まわりのお友達や、家族のおかげだと思います。心から、感謝しています。

ボーイズラブという言葉ができる前から、こういった世界には親しんでいた私ですが、最初に本屋で手にしたのがルビー文庫でした。そこで賞を頂けたことは、本当に嬉しいことです。

これからも、読んだ人が楽しくて、ちょっぴりドキドキできるようなお話を、たくさん、書いていけたらいいなぁと思います。頑張りますので、どうかよろしくお願い致します。

最後になりましたが、選考委員の諸先生方、編集部の皆様にも、深い感謝を捧げさせていただきます。

ありがとうございました。

奨励賞「インプリンティングシンドローム」

天野香月（長野県）

ストーリー

ある日、大学2年の匡平は、IPSにかかった青年・久也と出会う。IPSとは、発作後最初に見たものに一目惚れし、相手がいなくなると恐慌状態に陥ってしまう奇病。そのせいで久也に一目惚れされてしまった匡平は、治療がすむまで同居生活をするはめになるのだが…!?

受賞者のコメント

留守番電話に受賞のお知らせが入っていたときは、信じられない気持ちでいっぱいでした。友人に報告したあと、間違い電話かもと心配になり、何度も聞き返したり、それでも信じられずに「あれ白昼夢だった」と電話すべきなのではないかと、本気で心配したりしたほどです（笑）。後日、もう一度お電話いただいたときは本当に嬉しかったです。ありがとうございました。これから頑張っていきますので、よろしくお願いいたします。

奨励賞「心のかたち」

七瀬深雪（神奈川県）

ストーリー

満たされない心を持て余す高校生の有希は、アキラという男とカラダの関係を続けていた。しかし母親の再婚で、有希はアキラこと松岡彰と同居することに。さらに彰は有希の通う高校の教師だった。それを知った彰は有希に触れることがなくなってしまい…!?

受賞者のコメント

連絡をいただいた時には受話器の前で挙動不審に陥りました。今でもまだ地に足が着いていない心地がしています。小説に限らず文章を書くことは何年も前からの趣味のひとつでしたが、実は自分はマトモな文章を書ける人種ではないのでは……と頭を抱えてみた矢先のことだったので、とても嬉しかったです。投げ出しそうになったこともありましたが、手放さずに書き続けて本当に良かったと思います。

第4回角川ルビー小説賞・応募作品募集中!!

第4回
角川ルビー小説賞原稿大募集

大賞　正賞のトロフィーならびに副賞の100万円と応募原稿出版時の印税

【募集作品】
男の子同士の恋愛をテーマにした作品で、明るくさわやかなもの。
ただし、未発表のものに限ります。受賞作はルビー文庫で刊行いたします。

【応募資格】
男女、年齢は問いませんが商業誌デビューしていない新人に限ります。

【原稿枚数】
400字詰め原稿用紙、200枚以上300枚以内

【応募締切】
2003年3月31日（当日消印有効）

【発表】
2003年9月（予定）

【審査員】（敬称略、順不同）
吉原理恵子、斑鳩サハラ、沖麻実也

【応募の際の注意事項】
規定違反の作品は審査の対象となりません。

■原稿のはじめに表紙を付けて、以下の2項目を記入してください。
　① 作品タイトル（フリガナ）
　② ペンネーム（フリガナ）

■1200文字程度（原稿用紙3枚）の梗概を添付してください。

■梗概の次のページに以下の7項目を記入してください。
　① 作品タイトル（フリガナ）
　② ペンネーム（フリガナ）
　③ 氏名（フリガナ）
　④ 郵便番号、住所（フリガナ）
　⑤ 電話番号、メールアドレス
　⑥ 年齢
　⑦ 略歴

■原稿には通し番号を入れ、右上をひもでとじてください。
（選考中に原稿のコピーを取るので、ホチキスなどの外しにくいとじ方は絶対にしないでください）

■鉛筆書きは不可。

■ワープロ原稿可。1枚に20字×20行（縦書）の仕様にすること。ただし、400字詰め原稿用紙にワープロ印刷は不可。感熱紙は字が読めなくなるので使用しないこと。

・同じ作品による他の文学賞の二重応募は認められません。
・入選作の出版権、映像権、その他一切の権利は角川書店に帰属します。
・応募原稿は返却いたしません。必要な方はコピーを取ってからご応募ください。

原稿の送り先
〒102-8078　東京都千代田区富士見2-13-3
（株）角川書店アニメ・コミック事業部「角川ルビー小説賞」係